Barbara Vinken
Ver-kleiden

Barbara Vinken

# Ver-kleiden

## Was wir tun, wenn wir uns anziehen

Aus der Reihe »UNRUHE BEWAHREN«

Residenz Verlag

Unruhe bewahren – Frühlingsvorlesung & Herbstvorlesung
Eine Veranstaltung der Akademie Graz in Kooperation
mit dem Literaturhaus Graz und DIE PRESSE

Die Frühlingsvorlesung zum Thema »Ver-kleiden. Was wir tun, wenn wir uns anziehen« fand am 2. und 3. Juni 2022 im Literaturhaus Graz statt.

MIX
Papier aus verantwortungsvollen Quellen
FSC® C014496
www.fsc.org

Bibliografische Information der Deutschen Nationalbibliothek.
Die Deutsche Nationalbibliothek verzeichnet diese Publikation
in der Deutschen Nationalbibliografie; detaillierte bibliografische Daten
sind im Internet über http://dnb.dnb.de abrufbar.

www.residenzverlag.com



Herausgegeben von Astrid Kury, Thomas Macho, Peter Strasser
Umschlaggestaltung: Kurt Dornig
Typografische Gestaltung, Satz: Ekke Wolf, typic.at
Lektorat: Jessica Beer
Gesamtherstellung: GGP Media GmbH, Pößneck
ISBN 978 3 7017 3570 9

*Den Weberinnen vom Comer See gewidmet*

# Vorwort
# Familiengeschichten: Fußball und Glitzer-Tutu

Ich bin als die Älteste von fünf Kindern aufgewachsen. Unser Vater schnitt uns die Haare – Mecki für die Jungen, kurz für die Mädchen, ein echter Bubikopf. Natürlich trugen wir oft Hosen. Gar nicht selten bin ich für einen Jungen gehalten worden, und nichts war mir unangenehmer, ja peinlicher. Wenn ich eins nicht sein wollte, dann ein Junge. Am Sonntag spielte die ganze Familie Fußball, und obwohl ich ein brachialer Torschütze war, habe ich auch das nicht wirklich gern gemocht.

Bis zum 15., 16. Lebensjahr war ich von dem Verdacht verfolgt, für einen Jungen gehalten zu werden. Geträumt habe ich von einem rosa Glitzer-Tutu, das ich nie bekam. Nichts lieber wollte ich sein als ein Mädchen. Das ist mir später leidlich durch die Unterstützung einer Tante gelungen. Sie hat uns drei Mädchen nicht nur Kleider und kurze, weit schwingende Röcke genäht, sondern uns auch mit Hilfe der riesigen Schminkprobekästen aus der Drogerie der Großeltern in die Geheimnisse des Make-ups eingeführt. Da gab es alles, was ein Mädchen zu einem Mädchen machte. Mit dem ganzen »Gedöns« hatte meine Mutter, die vielbeschäftigt war und es, blond und vollbusig, auch nicht brauchte, nichts am Hut.

Immerhin lackierte sie sich im Sommer zur Badesaison die Fußnägel – zu meinem vollendeten Glück knallpink. Stundenlang habe ich meiner Tante zugesehen, wenn sie sich »zurechtmachte«. Einigermaßen habe ich es dann geschafft, als Mädchen wahrgenommen zu werden, und heute gehe ich problemlos als Frau durch. Darüber freue ich mich jeden Tag.

Das rosa Tutu, tröstete ich mich, könnte ich meiner Tochter schenken. Doch dann bekam ich einen Sohn. Bei meinen Nichten wäre das Tutu ganz schlecht angekommen; die haben nämlich sehr emanzipierte Eltern, die mit dem ganzen Weiblichkeitsgetue auch nichts am Hut haben. Und so habe ich das Tutu meinem angeheirateten Enkel geschenkt, der zwar biologisch männlich, aber eigentlich ein Mädchen ist. Sie liebt dieses dunkle Objekt unseres Begehrens.

# I Vom Mut zur Nicht-Identität

## *Gesprengte Genderkorsetts, Oszillieren*

Leute von Welt sind heutzutage pansexuell, nicht binär oder genderfluid. So wie Virginia Woolfs Orlando, Mozarts Cherubino, Chanels *garçonne*. Oder David Bowie. Sie alle waren gleichzeitig erotische Ikonen, deren Reiz im Oszillieren zwischen weiblich und männlich, im Schillern zwischen Kind und Mann, Kind und Frau liegt. Die reizende, vielleicht genderfluide, sicher nicht genderneutrale Zwischenlage dieser Personen wurde durch Kleider, Körpersprache und Haltung, durch Kosmetik und Körperbehandlung unterstützt. Alles eine Frage des Fashioning: Die *garçonne* hat Hosen und vielleicht sogar die Hosen an. Sie trägt das Kleidungsstück, das zum Synonym für »männlich« wurde. Cherubino schwelgt als *damerino* in Schleifen, Rüschen und Röcken, dem Pars pro Toto für Weiblichkeit. Die Sprache hat dafür immer schon neue Formen erfunden: in der *garçonne* als weiblicher Form von etwas jungem Männlichem, dem Jungen, im *damerino* als männlicher Verkleinerung von etwas Weiblichem, der Dame.

Ein Blick in die *Vogue*, ein Umsehen an den Universitäten der Großstädte setzt schnell ins Bild: Gender-Fluidity is *it*. Unter fast jeder Zoom-Kachel stehen zusätzlich zum Namen die Pronomina, mit denen die Person angesprochen werden möchte: elle/iel/il/they. Aber mit dem Ankommen des Nichtbinären im angesagten Mainstream scheinen Heiterkeit und

Ironie gewichen; es mag Covid gewesen sein, das den Ernst der Lage auch hier, auf dem Feld der Genderidentität verschärft hat. Die Kämpfe um die Geschlechterdifferenz toben mit einer weniger theoretisch – das war einmal – als emotional aufgeladenen Intensität, wie sie nur noch Kriege oder Klimakatastrophen hervorrufen. *Gender Trouble* ist da eine Untertreibung geworden.

## *Hoffnungen, Überwindungen, Freiheit*

Hinter der erhofften Überwindung der Binarität steht das Versprechen einer Befreiung aus dem Eingesperrtseins in einer »zwangs-heterosexuellen« Matrix, des Ausbruchs aus Zwängen. Sich »selbst« in grenzenloser Freiheit auszudrücken, keiner Norm gehorchen zu müssen oder, modetechnisch gesprochen, alle Korsette zu sprengen: *Be whatever you want* ist das verlockende Versprechen. Von Zurichtungen zu Weiblichkeit und Männlichkeit will man sich gleichermaßen befreien, um authentisch zu leben, nur man selbst zu sein. Dazu gehört, seine Liebesobjekte nicht konventionell, *boy loves girl*, sondern frei von den festgelegten, festgefahren klischierten Kategorien wie Gender zu wählen. »Er« ist mit weißem Rüschenhemd, weitem Hals-Dekolleté, schulterlangen blonden Locken und lackierten Fingernägeln ausgesprochen weiblich; »Sie« mit rasiertem Kopf und anthrazitgrauem, lässig auf der Hüfte sitzendem Hosenanzug jungenhaft. Die Differenz männlich/weiblich wird als einengend, willkürlich, unpassend empfunden.

LGBTIQ+ kommt mit dem Pathos der Befreiung zur Selbstbestimmung in einem klassisch emanzipatorischen Diskurs daher. Mit dem Ausbrechen aus allem Konventionellen, allem Schubladendenken, allen Stereotypen, allem gesellschaftlich Einengenden wird der Befreiungsdiskurs, so evident wie bewährt, bis an die Grenzen der sich individuell verstehenden und fühlenden Subjekte erweitert. Gegen alle tyrannische Unterdrückung ein Anderssein offen und ohne Scham bunt zu feiern sei es jetzt an der Zeit. Nichts ist öder, schwingt zwischen den Zeilen mit, als ein Cis-Mann, eine Cis-Frau zu sein (statt Trans-) und sich heterosexuell brav in die Genderrolle des bei der Geburt zugewiesenen Geschlechts zu fügen.

Oft, das ist ein bewährtes Moment aller Befreiungsbewegungen, kommt die Befreiung von den einengenden Konventionen militant daher und richtet sich ostentativ gegen alles, was sich schafsdumm, konformistisch ein- und anpasst. In diesem All-Inclusive wird das Recht, sich nicht einzupassen, manchmal mit einem gewissen Dogmatismus eingefordert und kunterbunt wird dabei sehr Unterschiedliches zusammengeworfen.

## *Kunterbunt, Triebschicksale und Selbstbestimmung*

Wir haben es mit verschiedenen Phänomenen und Triebschicksalen zu tun. Auf der Seite der nichtbinären Personen findet man ein generelles Unbehagen gegenüber Klischees, den Stereotypen männlich/weiblich. Man äußert ein Anderssein, das sich befreien will und das durch Selbstdefinition tut, in Ich-bin-Sätzen: Ich bin pansexuell, nichtbinär. Diese Satzform hat bekennenden Charakter: Ich bin bi, schwul, lesbisch.

Auf der anderen Seite, der Seite des Transsexuellen, der Transfrauen und -männer, fühlt man sich im falschen Körper eingesperrt, ist man sich sicher, »in Wirklichkeit« ein anderes zu sein. Das »Geschlecht der Seele«, die Gewissheit, männlich oder weiblich zu sein, entspricht hier nicht dem biologischen Körper mit seinen primären und sekundären Merkmalen, nicht dem Leib, in dem man sich falsch fühlt. Das kann eine sehr schmerzhafte Erfahrung sein; oft wird der Weg zum »wirklichen« Geschlecht als Leidensweg beschrieben. Das »wirkliche« Geschlecht, das man idealerweise ist, wird dann oft kompensatorisch in extremen Genderstereotypen inszeniert: etwa am liebsten weiblich, weiblicher, am weiblichsten. Stichwort Lillifee, wenn man weiß, dass man eigentlich ein Mädchen ist und auf alles fliegt, was pink ist, also am liebsten auf das rosa Glitzer-Tutu.

### *Offenbare Geheimnisse, Mut zum Nicht-Identischen*

Änderungen im Habitus sind mit im Spiel. Die Geheimsprache der Kleider, an denen Eingeweihte die sexuellen Vorlieben ihrer Gegenüber ablesen konnten, wie Marcel Proust sie zu Anfang des letzten Jahrhunderts beschrieb, war ja nicht nur der Intoleranz der Gesellschaft gegenüber Homosexuellen geschuldet, sondern hatte ihren eigenen Reiz. Wie denn überhaupt das Geheimnis, das man mit wenigen teilt, das Verstecken vor den Augen der Öffentlichkeit, nicht ausschließlich als eine schützende Notwendigkeit, sondern als ein eigener Wert, als in sich süß empfunden werden kann. Man kann es genießen, die anderen doppelsprachig täuschend an der Nase herumzuführen.

Das Brechen von Tabus, das Überschreiten von Verboten, das Geheime wird heute oft nicht mehr als reizvoll erfahren. Jedes Sein soll gleichberechtigt vor aller Augen zur

Norm werden können. Das Coming-out wird als ein Akt des Mutes gefeiert: Man bekennt sich offen zu dem, was (man in) »Wirklichkeit« ist. Das Gegenteil davon ist nicht mehr das Geheimnis, sondern eine feige Lüge. Die Wirklichkeit ist keine des Widerstands mehr und leidet keine Widersprüche.

Stattdessen stößt man immer wieder auf den Begriff der Gender Identity. Identität, Authentizität, ganz und nur man »selbst« zu sein und dafür einen »Safe Space« einzufordern, scheint das deutliche Begehren dieser unterschiedlichen Identitäten zu sein. So vielfältig sie sind, verlangen sie dasselbe: Sicherung der angestrebten neuen Freiheit. Als könnte man ihr, ihrem unbekannten Wesen, nicht trauen, als traue man der neuen Identität nicht. Denn diese Wirklichkeit ist genau genommen die der Nicht-Identität und erfordert den Mut zum Nicht-identisch-Sein.

## *Zugewiesen, festgestellt, konform: Gender*

Hinter dem verbissen geführten Streit, ob man besser von einem »von Geburt an zugewiesenen Geschlecht« sprechen sollte (männlich oder weiblich, Junge oder Mädchen) oder nur von dem bei Geburt »festgestellten Geschlecht«, verbirgt sich ein Missverständnis, was »Sexus« eigentlich heißt bzw. was damit »eigentlich« benannt ist. Man sagt zu Recht, dass das Geschlecht »zugewiesen« wird, weil in der Zuweisung viel mehr passiert, als einen Menschen, der XX und eine Vulva hat, ein Mädchen zu nennen. Wenn wir sagen: »Es ist ein Mädchen«, sagen wir viel mehr als »Vulva« oder XX. Denn XX oder XY, Vulva oder Penis sagt – ganz abgesehen davon, dass die jeweiligen Körper einmal die primären und sekundären Merkmale des biologischen Geschlechts aufweisen werden (etwa einen Busen für XX oder Bartwuchs für XY) – nichts darüber aus, was das einmal bedeuten wird, ein Mädchen oder ein Junge zu sein, gesellschaftlich oder psychologisch, also in den Zusammenhängen, in und von denen die Zuschreibung verwaltet wird. Bei der Feststellung der primären Geschlechtsmerkmale sprechen wir automatisch ein Gender zu; wir können nicht anders. Festgestellt wird das primäre Geschlechtsmerkmal, zugesprochen wird damit automatisch das sozio- und psychologische Geschlecht, üblicherweise Gender genannt: Es ist ein Mädchen. Das geht weit über die ja an sich nichtssagende Feststellung des biologischen Geschlechts hinaus und variiert historisch, je nach Kulturkreis und sogar individuell stark. Das heißt nicht, dass es »nur ein Konstrukt« und also willkürlich und beliebig zu ändern wäre wie ein Kleid, das man umschneidern könnte. Es ist so wenig beliebig, wie es die Sprache ist, die man spricht. »Gendering« ist historisch bedingt und ändert sich wie die Sprache tatsächlich. Das neue Selbstverständnis des Nichtbinären und des Transsexuellen kündigt eine solche Änderung an. Dabei wird allerdings die Vorstellung von Identität überspannt. Denn de facto geht es nicht länger ums Identisch-Sein; es werden nicht viele verschiedene, selbstbestimmte, ganz individuelle Identitäten gleichberechtigt nebeneinandergestellt, sondern im Gegeneinanderführen der binären Genderfestschreibungen wird das Konzept von Identität insgesamt widerlegt. Schön ist das an der listigen Praxis der Mode zu sehen.

*Simone de Beauvoir sagt: Gott bewahr!*

Der Feminismus, ziemlich egal welcher Prägung, hat zwischen Gender, dem sozialen Geschlecht, und Sex, dem biologischen Geschlecht, unterschieden. Simone de Beauvoirs Formel »on ne naît femme, on le devient« / »man ist nicht als Frau geboren, man wird zur Frau« ist kanonisch geworden. Aber Beauvoir hätte wohl nicht geschrieben: Man ist nicht als Mann geboren, man wird zum Mann. »Frau«, die weibliche Geschlechtsrolle, ist in Beauvoirs Augen eine Verfehlung des Seins, Entfremdung, etwas Künstliches, Gemachtes, während der Mann idealerweise authentisch »Mensch« wird. Das rosa Glitzer-Tutu hätte auch Beauvoir für Getue gehalten. Um Mensch zu werden, castet der Mann die Frau, castet aber auch die weibliche, durch Gender-Stereotype entfremdete Frau sich selbst als »Andere«. Nach Beauvoir soll idealerweise auch die Frau Mensch werden. Die weibliche Geschlechtsrolle, als uneigentliche Verfremdung und Entfremdung verstanden, abzulegen und authentisch Mensch zu werden, ist Ziel dieses frühen Feminismus. Ein geschlechtsneutraler Humanismus wird oft als Grundlage der Gleichberechtigung gesehen. Den Gender Studies und den Masculinity Studies verdanken wir inzwischen das Wissen, dass man auch als Mann nicht geboren ist, sondern zum Mann erst wird. Auch homme/homme, das Mann-/Menschsein ist nicht existenzialistische Erfüllung, sondern Verfremdung, Entfremdung – oder richtiger gesagt: ein rhetorisch-historisches Konstrukt. Der Trick liegt bloß darin, dass es rhetorisch seine Rhetorizität versteckt, um sich als identisch, als nicht entfremdet, nicht künstlich, auszugeben.

*Judith Butler, gender makes sex?*

Nun kann man mit Judith Butler postulieren, dass bereits unsere Vorstellungen vom biologischen Geschlecht durch die gegebenen sozialen Geschlechtsrollen vorbedingt sind. Das klassische Beispiel ist die Hysterie. Die hippokratische Medizin stellte sich die Gebärmutter als ein gefräßiges Lebewesen vor; wenn nicht mit männlichem Samen gefüttert und am besten geschwängert, rast sie gierig durch den Körper und sorgt für die hysterischen Symptome. Um eine gesunde Frau zu sein, sind die weiblichen Geschlechtsorgane zu befriedigen, und ist es also gesund und gut, heterosexuellen Geschlechtsverkehr zu haben und schwanger zu sein.

Ein weiteres, schönes Beispiel für die Konditionierung des biologischen Geschlechts durch gesellschaftliche Geschlechtsrollenvorstellungen ist die Interpretation der Entdeckung des Eisprungs durch Jules Michelet. Michelet, der säkulare Historiker, heiligt eine an sich nichtssagende biologische Erkenntnis und damit die bürgerliche Ehe. Er interpretiert den Eisprung, eng angelehnt an die phänomenologische Beschreibung Pouchets, der von einer Vernarbung der Eierstöcke spricht, als eine natürliche Stigmatisierung, welche die Frau zu einer immer verwundeten natürlichen Heiligen auf dem Altar ihres Heims macht. Jede außerhäusliche Arbeit sei deshalb für sie geradezu lebensbedrohend und also unmöglich. Ihr Blut würde falsch fließen. Die Frau ist auf die Ehe angewiesen, durch die Biologie aus der Geschichte ins schützende Haus verwiesen. Dort soll sie von Mann und Kindern für ihr ebenso heiliges wie natürliches Opfer geliebt und verehrt werden.

Oder aber, prosaischer: Die soziale Geschlechtsrolle der Frau als Ehefrau und Mutter, die sich um Haus und Kinder kümmert, wird aus dem biologischen Geschlecht abgeleitet, dem Schwangerwerden, Gebären, Stillen, wodurch das Muttersein zur Essenz des Weiblichen wird, durch das jede Frau zu der ihr gemäßen physischen und psychischen Gesundheit findet – statt als Mannweib oder Karrierebestie gegen ihre Natur zu gehen (und den Männern die Jobs wegzunehmen).

Geschlecht ist kein Sein, sondern ein Tun. Ein begehrliches Tun. Konventionell wünschen wir dann nichts sehnlicher, als »unbeschreiblich weiblich«, ganz Frau, zu sein oder ein Baum von einem Mann, kurz: den Genderklischees zu entsprechen und sicher zu sein, dass wir unser »festgestelltes Geschlecht« auch tatsächlich verkörpern. Menschliche Geschlechtlichkeit, das Mann- und Frausein, erschöpft sich nicht in biologischen Fakten, Ei- und Samenzellen. Geschlechtlichkeit ist biologisch nicht zu erklären, sondern kulturell seit Jahrtausenden gewebt, eine symbolisch bewegte und bewegende Kraft.

Sie ad acta zu legen und Geschlecht auf ein neutrales Menschsein hin zu überschreiten, scheint mir wenig reizvoll und nicht der Weisheit letzter Schluss. Heiterer und erhellender scheint mir das geistreich-elegant ironische Spiel, das Verschieben und Verrücken von Gender, das jeglichen Identitätsanspruch ad absurdum führt. Die Travestie, das Verkleiden bringt nämlich die lustvolle Erkenntnis, dass Gender die Referenz auf das biologische Geschlecht nur vorgibt. *Trompe-l'oeil.* Diese Erkenntnis trifft die männliche, moderne Norm wesentlich schärfer; denn die männliche Norm ist ja genderneutral als menschlich, authentisch, ungekünstelt konstruiert. Insofern geschieht die Zersetzung dieses männlich/menschlichen/neutralen Anspruchs immer im Zeichen des Weiblichen, des Gemachten. Das Weiblich/Weibische überführt das Neutral/Männliche seines Gemachtseins.

## *Rosa, Himmelblau*

Dem zugewiesenen und festgestellten Geschlecht der Neugeborenen werden konventionell Farben zugeordnet: Rosa für Mädchen, Himmelblau für Jungen. Besonders schön sieht man an dieser Farbzuordnung, dass mit dem Feststellen des biologischen Geschlechtes ein semiotisch-kultureller Prozess des Zuweisens beginnt, den man als *Gendering* beschrieben hat: weiblich/männlich. Die konventionelle Farbzuordnung zum Geschlecht hat sich sehr kurzfristig verkehrt. Was heute als die natürlichste Sache der Welt erscheint, war bis vor hundert Jahren, bis in die 1920er Jahre, gerade umgekehrt: Wie selbstverständlich war Rosa noch 1918 die Farbe für kleine Jungen und Hellblau die für kleine Mädchen. Denn Rosa, das kleine Rot, eine starke Farbe, war mit Blut, Lebensfeuer, aggressiver Erotik und über die Verwandtschaft zum Purpur mit Macht und Herrschaft verknüpft. Rot war folglich die Modefarbe des starken Geschlechts. Man denke an den von Kopf bis Fuß rotgewandeten Heiligen Eustachius in der Alten Pinakothek in München. Auch Martin Luther kam hin und wieder in Rot. Im elisabethanischen England, dann im Barock und Rokoko, war Pink der letzte Schrei für die Herren. Die heutigen Gentlemen of Bacongo, von Kopf bis Fuß pink, lassen etwas von der Pracht und Stärke dieser Farbe im Nachbild der *Counter Culture* ahnen.

Den kleinen Mädchen dagegen, zart und anmutig, war die Himmelsfarbe, das kleine Blau auf den Leib geschrieben. Es war auch die Farbe der Heiligen Jungfrau. Noch in Emile Zolas *Paradies der Damen,* dem Kaufhaus der Hauptstadt des 19. Jahrhunderts, ist die himmelblaue Seide, *Ciel de Paris*, synonym mit Weiblichkeit. Dass folglich alle Frauen der himmelblauen Seide hinterherjagten, *dem* Verkaufsschlager des Kaufhauses *Au bonheur des Dames*, war so selbstver-

Daniele Tamagni, Cover der *Gentlemen of Bacongo*,
Trolley Books, London 2009

ständlich, wie heute die Mädchen um jeden Preis, oft zum Ärger ihrer emanzipierten Mütter, auf alles, was rosa ist, fliegen. Wie sehr dann Rosa, das kleine Rot, mit dem Zweiten Weltkrieg zur Farbe des Weibischen par excellence geworden ist, lässt sich daran ablesen, dass homosexuelle Männer im nationalsozialistischen Deutschland einen aufgenähten rosa Winkel tragen mussten.

## *Rassismus, Maskulinismus, Supremacy*

Damit sind wir bei der Bedrohung durch Ausgrenzung, Hass oder gar Mord für Personen, die nicht der heterosexuellen Norm der binären Geschlechtsbestimmung Mann/Frau entsprechen. Denn auch das ist immer noch gang und gäbe. Maskulinistische autoritäre Systeme wie das »reine« Russland Putins erkennen in der Verkehrung des Natürlichsten, das die Geschlechter in ihren Augen verkörpern, die Dekadenz des Westens, die Gefahr einer lächerlichen Beschmutzung, das Infragestellen aller Ordnungen. Solche Strömungen gibt es auch in den USA. *Boys will be boys:* aufatmen. In autoritären Systemen gilt die Natürlichkeit der Geschlechter als unverzichtbar für eine »gesunde« Gesellschaftsordnung. Bestanden wird auf einem Kurzschluss von Gender und Sex. Gender wird naturalisiert. In dem Roman *Die Lüge* von Mikita Franko (2022) wird erzählt, wie grauenhaft es ist, als schwuler Junge aus einer schwulen Familie mit zwei Vätern in Russland aufzuwachsen. Die Forderung von völliger Genderkonformität und deren behauptete Verankerung in der Biologie – Frauen kriegen Kinder, Männer werden richtige Kerle – wird von Russland bis Amerika von *White Supremacist Masculinists* und anderen rassistischsexistischen Gruppen getragen, die sich bedroht fühlen. Ihr letzter Halt im Leben wäre verloren, wenn diese Stereotype, die ihrer Meinung nach in der Natur der Sache liegen, verschwänden.

Selbst in nicht-autoritären, qua Verfassung nicht-rassistischen Gesellschaften wie der französischen wird Geschlechtsidentität und die daran hängende Heterosexualität von den Teilen der Bevölkerung, die sich links liegen gelassen und ausgegrenzt fühlen, mit Zähnen und Klauen als Bastion verteidigt. Édouard Louis' Buch *En finir avec Eddy Bellegueule* (2014) erzählt von den Demütigungen, denen sich ein schwuler Junge aus den verarmten Arbeitermilieus der Picardie in der Schule ausgesetzt sieht, und vom Unverständnis, auf das er zu Hause trifft, als er den Männlichkeitserwartungen nicht entspricht. Es scheint beim Behaupten des »Natürlichsten« der Welt enorm viel auf dem Spiel zu stehen.

## *Humanismen, Schicksal, trans- und cis-*

So erleben wir, nur auf den ersten Blick erstaunlich, von feministischer Seite den Einspruch gegen einen essentialistischen Transaktivismus, der das Recht auf eine Geschlechtsumwandlung für Personen fordert, die sich im falschen Körper eingesperrt fühlen. Nehmen wir an, eine biologisch als männlich geltende Person stellt fest, dass sie sich als Mädchen fühlt, eigentlich ein Mädchen ist und eine Frau sein möchte. Das Auseinanderklaffen von gefühltem und biologischem Geschlecht soll durch hormonelle und chirurgische Korrektur beseitigt werden. Das aber, meinen Feministinnen wie Alice Schwarzer und Chantal Louis, würde heißen, dass

»das subjektiv empfundene, soziale Geschlecht quasi angeboren sei und das biologische Geschlecht ihm angepasst werden müsse«. Wie im magischen Denken werde Kultur mit Natur verwechselt. Das biologische Geschlecht existiere zwar, es dürfte/müsste aber keine existentielle Rolle spielen. Denn Gendergrenzen könnten durchaus überwunden werden; ein biologisches Mädchen könnte ohne körperliche Geschlechtsumwandlung einen Männerberuf ergreifen und sich mit der männlichen Geschlechtsrolle identifizieren.

Schwarzer vertritt im Interesse der Frauen einen geschlechtsneutralen Humanismus, der die Benachteiligung von Frauen überwinden soll. Eben das, meinte Rousseau, der für die Moderne vielleicht wirkungsmächtigste Geschlechterideologe, sei für Frauen unmöglich. Rousseau sah den Mann als nur hin und wieder von seinem Geschlecht bestimmtes Wesen, die Frau dagegen hielt er für ihr ganzes Leben völlig durch ihr Geschlecht bestimmt. Schwarzer beansprucht, wie letzten Endes Beauvoir, dasselbe für die Frauen, was Rousseau ausschließlich für die Männer/Menschen behauptet hatte: Vor allen Dingen seien alle, ob Mann oder Frau, gleichberechtigt. In der Perspektive dieses neutralen Humanismus, wie ihn die frühen feministischen Bewegungen vertreten haben, sind auch Frauen vor allem Menschen. Emanzipation hieß deshalb für Beauvoir Befreiung vom weiblichen Gender, von den klischierten Genderzuschreibungen, einschließlich des tragischen Selbstverkennens in der Identifikation mit diesen Zuschreibungen. Historisch doppelt verständlich war das als Einspruch gegen Napoléons Bonmot »Anatomie ist Schicksal«, das die Unterworfenheit unter die Anatomie speziell für das weibliche Geschlecht postulierte und den daraus folgenden Ausschluss von Frauen als geschichtsmächtigen Subjekten rechtfertigte.

*Selbstbestimmung, Self-Fashioning*

Auffällig ist, dass sowohl Alice Schwarzer als auch einige Transaktivisten und die LGBTIQ-Bewegung vom Postulat der Selbstbestimmung ausgehen: Schwarzer geht von der intentionalen Veränderbarkeit von Genderzuschreibungen aus (»eine Frau ist« etc.), die man als ideologische Verblendung, als Sexismus, als künstlich oder entfremdend hinter sich lassen kann, um das zu werden, was man in Wirklichkeit ist, nämlich Mensch; Transaktivisten gehen von der medizinischen Veränderbarkeit des biologisch Gegebenen aus: Das biologische Geschlecht soll mit dem Geschlecht der Seele, dem Geschlecht, von dem man sich sicher ist, es zu sein, als das man sich fühlt, zur Deckung gebracht werden.

Das Selbstbewusstsein, sich zum einen von Gender-Zuschreibungen, und zum anderen von biologischen Festschreibungen emanzipieren zu können, Gender oder Geschlecht nicht mehr unterworfen zu sein, teilen beide Überzeugungen. Der humanistische Subjektbegriff – selbstbewusst, selbst-beherrscht, selbst-bestimmt – wird von beiden Seiten nicht infrage gestellt.

So fordern die Transaktivisten das Recht, selbstbestimmt ihren Körper ihrem wirklichen Geschlecht durch chirurgische und hormonelle Behandlungen, durch die hohe Kunst der Medizin anpassen zu dürfen. Der Körper wird nicht als etwas Gegebenes, sondern als etwas Gemachtes, als etwas kunstvoll Künstliches begriffen; er wird zurechtgeschnitten, er wird, wie man im Englischen so passend sagen kann, »fashioned«. Durch Self-Fashioning und Fashioning soll der tatsächliche Körper in den idealen Körper des wahren Geschlechts verwandelt werden.

Unter den neuen Regimen der Körperoptimierung arbeiten wir alle an der Überführung unseres tatsächlichen in einen idealen Körper: einen optimal getonten, durchdefinierten Leib durch Diäten, Schrittzähler, Sit-ups etc. Dem Bedarf entspricht auch die Schönheitschirurgie mit ihren Angeboten: neues Gesicht, neue Nase, neuer Busen, neuer Po. Geboostert, geliftet, gefärbt: keine Spur der Zeit im faltenlosen Gesicht, kein graues Haar.

Dass sich die Geschlechtsumwandlung als spektakuläres Self-Fashioning bruchlos in den neoliberalen Diskurs der Selbstoptimierung, des Individuums als des Unternehmers seines Selbst, als Ich-AG, einfügt, hat in den letzten Jahren am medienwirksamsten Caitlyn Jenner gezeigt. Schon als Bruce Jenner, als der sie Olympiasieger im Zehnkampf wurde und als männliches Sexidol das Cover von *Playgirl* geziert hatte, besaß sie die Fähigkeit und die Lust, ihren/seinen Körper spektakulär zu inszenieren. In der erotischen Selbstinszenierung übertraf sie sich selbst – als Frau. Wenige sind so »atemberaubend weiblich« wie diese wohl berühmteste Transfrau der vergangenen Jahre, die, unter dem Titel »Call me Caitlyn« von Annie Leibovitz fotografiert, auf dem Cover von *Vanity Fair* glänzte. Wie vollkommen die postoperative Caithlyn Jenner das super-feminine Stereotyp übererfüllte, zeigt die an Marilyn Monroe angelehnte Pose des Pin-up, die durch die Badeanzug-Corsage im Stil der 50er Jahre unterstrichen wird: das Super Girl, Sexidol, die Femininste von allen und gleichzeitig total selbstbestimmt – schließlich hatte sie sogar ihr Geschlecht selbst entschieden: das Covergirl der Superlative. Die Geschlechtsumwandlung ist hier der höchste Triumph des Willens und der Disziplin, getreu dem Nike-Slogan, dem eigentlichen US-Credo »Just do it«. Oder mit adidas gesprochen: »impossible is nothing.« Als Triumph der Wissenschaft, Triumph menschlichen Könnens, Triumph der Machbarkeit steht die Geschlechtsumwandlung in einem Kontinuum des Self-Fashioning

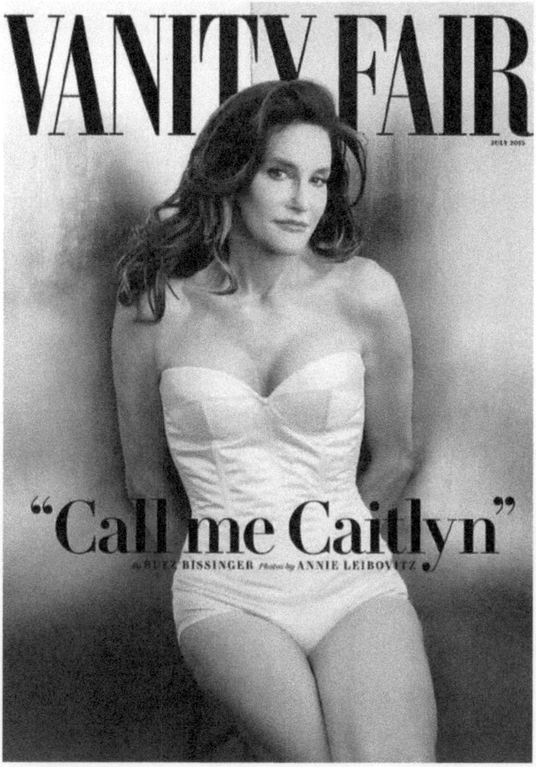


Caitlyn Jenner, Cover *Vanity Fair*, Photo Annie Leibovitz, 2015

einer Fitnessgesellschaft. Sie vollendet den amerikanischen Mythos des Selfmademan einschließlich der Selfmadewoman.

## *Subjekt, Selbst, tragisch unterworfen*

Vielleicht sollte man bei so viel »impossible is nothing« noch einmal einen kursorischen Blick auf eine andere Subjekttheorie werfen, die vom Wortsinn des Subjektes, nämlich des *subiectum*, des Unterworfenseins ausgeht. Und noch mal bedenken, dass Freud mit den Figuren aus der antiken Tragödie und im Ödipus mit einer der trostlosesten, blind ihrem Schicksal unterworfenen Figuren gerade keine selbstbestimmten, -beherrschten und -bewussten Subjekte zur Beschreibung unseres Triebschicksals bemüht hat. Lacan geht mit Freud von unserem grundsätzlichen Verkennen der biologischen Geschlechtlichkeit aus. Denn: In unserem Welt- und Selbstverständnis gibt es gar nicht zwei Geschlechter, männlich und weiblich, sondern – selbstverständlich in totaler Verblendung, absoluter Täuschung, souveränem Ignorieren der anatomischen und biologischen Tatsachen – nur eins: und das ist kein Penis, sondern sein kultisches Simulakrum, der Phallus. Mit dem Rückgriff auf die griechische Tragödie zur Analyse des menschlichen Triebschicksals kommen sowohl bei Freud als auch bei Lacan die antiken Phalluskulte der Großen Mutter wieder. Verehrt wird der Phallus in diesen Kulten als verlorener Penis und kunstvoll künstlich restituiertes Simulakrum.

»Weiblichkeit« und »Männlichkeit« sind der Psychoanalyse zufolge keine biologischen Gegebenheiten, und auch keine gesellschaftlich-historischen Konstrukte, sondern beide Geschlechter sind in ihrem verdrängten Phallus-Bezug Mangelwesen oder Kastrierte: Weiblich/männlich sind Positionen in Bezug auf den Phallus, der schon selbst dieses Da-und-Fortsein steigend, sinkend in sich trägt. Das Phallus-Sein – der ganze Körper wird phallisch künstlich-kunstvoll zurechtgemacht – um den Preis des Habens (kein Penis): das ist die weibliche Position. Das Phallus-Haben (und immer den Verlust des Penis' zu fürchten) um den Preis des Seins – der Körper wird nicht künstlich bearbeitet, nicht zurechtgemacht wie das Simulakrum –: die männliche Position. In der Tragödie, der antiken wie, übertragen, der modernen, ist der tragische tote Held kein Gewinner. Seine unerreichbare Größe liegt darin, dass ihm nichts mehr möglich ist.

Eine irgendwie ernüchternde Sicht der Dinge, völlig unbefriedigend, ohne alles wahre Sein immer nur relational. Schlecht passt sie in eine Zeit der Selbstermächtigung. Ohne irgendeine Authentizität, mit viel Fake, viel Rollenspiel, viel Augenauswischerei. Vor allem, entscheidend, ohne jemals die angestrebte erfüllte Identität zu erreichen. Ein dem Mangel ausgesetztes Wesen, der Mensch, bestenfalls kompensierend, überkompensierend. Eine Komödie, die menschliche Sexualität, wenn es gut geht; kann auch schrecklich tragisch sein. Überhaupt geht es nicht um Selbstdefinition und Selbstbestimmung. Ganz Mann, ganz Frau sein, das sind dunkle Objekte des Begehrens, sich immer entziehend, immer auch frustriert, manchmal glücklich erhascht. Sie werden immer neu inszeniert, *fashioned* eben, sind kunstvoll Kunst und gerade keine Seinsweisen, keine ontologischen Kategorien, keine biologische Natur, sondern Positionsspiele. *All straightness – a straight man, straightforward – is queered.* Das Weibliche kommt im Zeichen des Männlichen, das Männliche im Zeichen des Mangels. Ein Subjekt unabhängig von dieser Differenz, ein Subjekt, das vor allen

Dingen ungespalten um die sexuelle Differenz Mensch wäre, ist eine Illusion.

### *Denaturalisierung: Queer, baby, queer*

Ich habe diesen Schlenker zu einer anderen Subjekttheorie gemacht, weil die Psychoanalyse erstens den unaufhebbaren Bruch zwischen Kultur und Natur zeigt. Gender ist kein Ausdruck von Sex. Und weil sie zweitens den Subjektbegriff eines selbstbestimmten, selbstbeherrschten und selbstbewussten Subjektes als illusionär erweist. Dieser Subjektbegriff ist Teil der Verkennung.

Die neue Authentizität, nichts als mein »Selbst«, mein »Sein«, meine Identität »ausdrücken« zu wollen, sitzt einem Kurzschluss auf. Eher blind als befreiend scheinen mir diese Bestrebungen. Als befreiend sehe ich nicht den authentischen Ausdruck einer Identität, sondern die Denaturalisierung, die Erkenntnis der Unmöglichkeit eines adäquaten Gegründetseins des Kulturellen im Natürlichen. Geschlechtsrollen sind nicht natürlich; sie gründen nicht adäquat in Natur. Nun kann es aber, selbstbestimmt und selbstbeherrscht im Selbstermächtigungsphantasma, nicht darum gehen, Gender zu machen oder anders zu machen – viele Genderidentitäten oder genderneutral –, sondern deren Gemachtsein auszustellen. Dieses Ausstellen trifft die Norm des Männlich/Menschlichen hart, zerrüttet sie, denn sie verbirgt das Gemachtsein, während die weibliche Geschlechtsrolle sowieso als künstlich gilt. Befreiend ist es, die Verankerung in Natur zu verunmöglichen und damit auch die Transzendierbarkeit von Gender auf ein neutrales Menschsein hin zu blockieren. Und das möglichst kunstvoll, möglichst geistreich: queer.

Dieses Ausstellen des Gemachtseins von Gender hat notwendigerweise etwas Parodistisches. Es kann durch Übersteigerung der Geschlechtsrollen passieren – unbeschreiblich weiblich, rosa Tutu –, durch Mimikry der anderen Geschlechtsrolle – die Butch mit Krawatte und Zigarre, männlicher als alle schweren Jungs, die Drag queen und ihre ultrafeminine Allure, der Tomboy, ein Mädchen, das – Junge, Junge – sowas von Junge ist.

Dieses Queering funktioniert aber immer konventionell. Wie wir in eine Sprache geboren werden, die vor uns da ist, so sind die den Geschlechtern zugeordneten Allüren genau wie die Kleiderordnung konventionell geregelt und machen nur deshalb Sinn. Im Ausstellen des Gemachtseins von Gender werden die Marker von Geschlecht und Klasse nicht ad acta gelegt, um neue zu erfinden. Sie werden neu zusammengesetzt, über Kreuz zitiert; darin liegt ihr Witz. Sie verschmelzen nicht synthetisch zu einem dritten, oder vielen Gendern. Sie können nicht überwunden oder zurückgelassen werden. Sie werden zersetzt. Ihr Raum ist das Dazwischen. Geschlechterrollen werden überlagert, gegeneinander geführt und oszillieren schillernd.

Um die Verfremdung, die durchaus auch in der Übertreibung, in der Superfetischisierung liegen kann, zu unterstreichen, kommen Anachronismen ins Spiel. Die ganze Komödie, als die unser Dasein sich zeigt, wird überflort von der wehmütigen Erkenntnis des nolens volens So-tun-als-ob, des Ad-absurdum-Führens einer natürlichen Authentizität. Die Absicht des »authentischen Ausdrucks« setzt eine Sprache, eine Ordnung, Gemeinplätze absolut, hinter deren zweiter Natur die vermeintlich erste Natur nicht (mehr) aktuell sein kann.

Alle autoritären Regime und alle intoleranten Fundamentalisten behaupten eben dies: das Natürlichsein von Mann und Frau, von Heterosexualität. Im Queering scheinen Männlichkeit und Weiblichkeit, *re-fashioned*, als kulturelle Entitäten auf. Es wird klar, dass nicht auf etwas natürlich Gegebenes verwiesen, sondern etwas gemacht wird. Deshalb ist alles, was queert, subversiv für eine Ordnung, die sich als natürlich versteht und legitimiert. Deshalb die vehemente Abwehr. Daher der Hass vieler Leute und ganzer Systeme auf alles »Queere«.

## *Crossdressing*

Seit mindestens hundert Jahren praktiziert die Mode das Gegeneinanderführen von geschlechterpolitischen Stereotypen und sexuellen Begehrenslagen. Darin liegen ihr kognitives Potential und ihre geschlechterpolitisch revolutionäre Potenz, die in ihrer performativen Kraft gar nicht überschätzt werden kann. Die Mode queert. Dafür ist sie immer beschimpft, abgewiesen, verachtet worden. Bis heute diffamiert man sie als für Arbeit wie Freizeit dysfunktionalen Schnickschnack.

Mit dem, was in der Mode passiert, kann treffend gefasst werden, was als *gender fluidity* oder auch *non-binary* stichwortartig angezielt wird. Beides ist in der Mode als *Crossdressing* bekannt und beschreibt keinen Nebenaspekt, sondern die Grundlage der Mode als Kunstform. In ihr wird Gender als »fluide«, kulturell beweglich ausgestellt. Das geschieht in einem disharmonischen, harten, verunsichernden, aber vor allem interessanten, reizvollen Gegeneinanderführen der grammatisch und in den Kleiderordnungen vorgeprägten Kategorien »weiblich« und »männlich«.

Was wir in der Mode zu Gesicht bekommen, ist nicht der

authentische Ausdruck binären Seins, sondern es sind Travestien von binären Geschlechterrollen, die den Bezug auf ein biologisches Geschlecht verhindern. In den Transvestien, den Verkleidungen der Mode, wird die Naturalisierung von Gender, welche die herrschenden Geschlechter-Kodierungen ideologisch grundlegend befestigt, durchkreuzt. In der Mode werden normative Weiblichkeits- und Männlichkeitsvorstellungen in ihren Prätentionen auf den Arm genommen. Die Mode zeigt sie als raffiniertes rhetorisches, vestimentäres Gebilde und nicht als Ausdruck von Biologie. Im Durchkreuzen der normativen Rollen erst scheinen diese als solche auf: als Rollen. Gender wird darin dekonstruiert, nicht destruiert. Dies befreit von der zwanghaften Auslegung und Anwendung des biologisch Binären, indem es deren oszillierende Alternativen kultiviert. Das ist etwas anderes als die politisch plausible Notlösung des gender-neutralen Humanismus, aber auch als die operative Korrektur des biologisch Gegebenen.

Biologisches Geschlecht kann in der Mode sein, was es kulturell sein könnte: ledig seiner binären Natur. Das heißt also nicht, dass die falsche Illusion, das biologische Geschlecht, an den kulturell flexiblen Leibern körperlich zu ändern wäre. Im Gegenteil zeigt die Mode, dass die nichtidentische Nichtbinarität in der Verflüssigung der Gendergrenzen kulturell möglich, ja sogar historisch erprobt mitgegeben ist. Sie ist nicht nur möglich und wünschenswert, sondern historisch dominant, wenn auch vom irregeleiteten Fortschrittswahn männlich-republikanischer Politiken und von deren ach so vernünftigem, menschlich-männlichem Humanismus an die Wand gedrängt.

# II Mode und Verzweiflung

## *Mode und Revolution, Stand und Geschlecht*

Die schöne Zusammenstellung von »Mode und Verzweiflung« verdanke ich Thomas Meinecke, der früh das geradezu therapeutische Talent der Mode erkannt hat. Mit dem Mut der Verzweiflung setzt er den *Gender Trouble* in ein neues Licht. Die nicht-identitäre Praxis der Mode ist ein ostentatives Mittel, um nicht an den identitären Mustern zu verzweifeln. Mit der Moderne ist die – nicht symmetrische – Naturalisierung der Geschlechtsrollen zentral geworden. Denn nur die Natur der Dinge legitimiert nun, dass Menschen nicht gleich sein können.

Bis zur Revolution war die Kategorie des Standes für die Mode zentraler als die des Geschlechts. Der Stand – adelig, nicht adelig – war die entscheidende Opposition. »Was die Mode streng geteilt« benennt Schiller den Stand der Dinge, und damit waren nicht die Geschlechter, sondern die Stände gemeint. An die Stelle von oben und unten, der durch die Kleidung gut sichtbar getrennten Stände, sollte eine brüderliche, gleiche Menschheit treten. Wenn Balzac die Zeit vor der Revolution beschreibt, sieht er eine Gesellschaft der Adeligen, welche die Nichtadeligen noch nicht einmal als Menschen wahrnehmen. Ungeniert ziehen sich die Comtessen vor ihren Dienern, die sie nicht für Menschen, sondern für Tiere, nicht für Männer, sondern für Ochsen halten, aus. Der Titel von Gottfried Kellers *Kleider machen Leute* meint nicht das Anziehen des anderen Geschlechtes, sondern eines anderen Standes: Ein kleiner Schneider wird aufgrund seiner vornehmen Kleidung für einen polnischen Grafen gehalten.

Selbstverständlich gab es auch vor der Revolution die Kategorie des Geschlechts, aber sie hatte ein anderes Gewicht. Seit dem Alten Testament ist die Geschlechter-Travestie verboten: »Eine Frau soll nicht die Ausrüstung eines Mannes tragen und ein Mann soll kein Frauenkleid anziehen; denn jeder, der das tut, ist dem Herrn, deinem Gott, ein Gräuel.« Eine der berühmtesten Transvestitinnen war Jeanne d'Arc, die sich wie ein Mann anzog, um die französische Armee gegen die Engländer zu führen – und das war eines von zwei entscheidenden Argumenten für ihre Verurteilung: »Schändlich schlug diese Frau aller Scham und allem Respekt für ihr Geschlecht ins Gesicht und trug, mit unerhört schamloser Monstrosität, verformende (difforme) Kleider, wie sie Männer tragen.« Außerdem hatte sie ihre Haare – im Topfhaarschnitt – wie ein Mann geschnitten. Im Prozess geht es hin und her, Jeanne legt zuerst Frauenkleider an, zieht aber dann wieder Männerkleider an, um sich, sagt ein Zeuge, gegen Vergewaltigungen im Gefängnis zu schützen. Sie selbst sagte, dass sie sich unter Männern als Mann angezogen habe und ihr Männerkleider auch besser als Frauenkleider gefielen. Das war ein Argument in der Anklageschrift. Die Geschichte endete auf dem Scheiterhaufen.

Trotzdem richteten sich die Erlasse zur Kleidung bis zur französischen Revolution nicht gegen das als monströs gebrandmarkte und doch oft tolerierte Überschreiten der Geschlechtsgrenzen, sondern gegen das Überschreiten der Standesgrenzen. Es waren Luxusgesetze. Ein in der

Ständehierarchie unten Stehender sollte sich nicht als höher Stehender anziehen. Gold, Silber und Perlen, kostbare Pelze, Atlas, Damast und Seidensamt waren dem Adel vorbehalten: Die niedrigen Stände sollten nicht mehr scheinen, als sie waren. Bauern durften sich nicht wie Herzöge anziehen. Anders als in einer Ständegesellschaft kann in einer Klassengesellschaft theoretisch jeder alles, der Tellerwäscher Millionär, der Busfahrer Staatspräsident werden. Und seit gut fünfzig Jahren kann das auch jede. Vor der Revolution durften sich die unteren Stände nicht mit dem Prunk der höheren schmücken, selbst wenn sie das Geld dazu gehabt hätten. Wie man an der Kleiderordnung der Stadt Schweinfurt von 1780 sieht, muss das ungeachtet der Vorschriften tagaus, tagein besonders beim als putzanfällig geltenden weiblichen Geschlecht passiert sein: »Dieweil man auch öffentlich wahrgenommen hat, und noch täglich wahrnimmt, daß diejenigen Weibspersonen, die in der dritten Classe sich befinden, Kleider aus Damast, Taft, Seidenstoffen, Samt und andere kostbare Stoffe, auch teure Spitzen ungescheut tragen, und viel Geld darein stecken. Hält man ihnen dies vor, so führen sie zur Entschuldigung an, dass ihnen die kostbaren Stoffe, die schon fertigen Kleider von ihren Freunden verehrt oder auch von ihren Verwandten geschenkt worden seien.« Die Stände – der dritte Stand, der Adel, der Klerus, die bäurische Landbevölkerung – sollten an ihren Kleidern zu erkennen sein.

### *Genderneutral (m)/gendermarkiert (w)*

Deshalb würde ich der These folgen, dass die Geschichte unserer Mode, der Mode der Moderne, grob mit der französischen Revolution beginnt. Das soll nicht heißen, dass es nicht davor schon Mode gab, bloß war die leitende Opposition eine andere. Deswegen ging es um etwas anderes. Mode trennte die Adeligen und den Klerus vom dritten Stand, den dritten Stand von den Bauern. Nach der Revolution, die das Ende der Ständegesellschaft einläutete und sie in eine Klassengesellschaft überführte, unterschied die Mode weniger die Stände oder die Klassen als die Geschlechter. Anders als der Stand ist die Klasse keine ontologische Kategorie: Die Bourgeoisie hatte nicht mehr die Aufgabe, in ihren Kleidern die schöne Ordnung eines wohlgeordneten Kosmos, an dem alles an seinem Platz war, als dessen höchste Zierde zu verkörpern, zu bekleiden. Das Postulat ontologischer Unterschiede gilt für eine Stände-, nicht für eine Klassengesellschaft, in der es bei der Gleichheit aller um die feinen Unterschiede, um Distinktion geht. Nicht mehr der Stand, sondern Geschmack, Takt, Bildung unterscheiden mich von Krethi und Plethi. Denn während man seinen Stand nicht wechseln kann – man ist entweder adelig, blaublütig, edel oder ein »Gemeiner«, *a commoner*, unedel –, so kann man die Klasse wechseln.

Nach der Revolution wurden »Mann« und »Frau« zu der neuen leitenden Opposition. Die Differenz männlich/weiblich bekam eine Bedeutung, die sie vorher in dieser Absolutheit nicht hatte. Das Geschlecht wurde zum natürlichsten aller Unterschiede, das ungleiche Gesetze und ungleiche Behandlungen legitimierte: Qua Geschlecht durften Frauen etwa nicht wählen oder nicht studieren, keinen Beruf ohne die Zustimmung ihres Ehemannes ergreifen. Alle Menschen wurden Brüder, bloß die Frauen nicht. Stattdessen wurden sie ganz Frau, unbeschreiblich weiblich.

Als natürlich postulierter Unterschied löste die Geschlechterdifferenz einen gesellschaftlichen Unterschied ab, der bis zur Revolution als gottgewollt galt. Die Geschlechterordnung, die unterschiedlichen Rechte und Pflichten der Geschlechter, wird durch die »Stimme der Natur« legitimiert. Sie wird zur wichtigsten Ordnungskategorie. Die »Stimme der Natur«, natürlich immer von Männern verstanden und interpretiert, trat in dieser Perspektive an die Stelle der Willkür der feudalen Ordnung. Die Opposition männlich/weiblich ersetzte die Opposition adelig/nicht adelig. Deswegen ist es kein Wunder, dass es in so gut wie allen politischen Bewegungen der Moderne zuvörderst um neue Geschlechterordnungen ging: Kommunismus, Sozialismus, Faschismus, Nationalsozialismus – alle schlugen neue Verhältnisse zwischen Männern und Frauen vor.

Männer und Frauen zogen sich nach der Revolution nicht nur wie immer verschieden an. Bleiben wir hier beim Holzschnittartigen: sie Röcke, er Hosen. Sie zogen sich, und das ist neu, in Bezug auf ihr eigenes Geschlecht anders an. Gegen markierte Sexualität bei den Frauen steht nunmehr unmarkierte bei den Männern. Was uns bis gestern als die natürlichste Sache der Welt erschien, entstand erst mit der Kleiderordnung der Moderne. Genderneutral hatten sich die Männer vor der Revolution und besonders die adeligen Männer sicher nicht angezogen; prachtvoll prunkvoll stellten sie ihre Männlichkeit unübersehbar herausragend zur Schau. Man denke nur an die rüschengeschmückten, aufwendig bestickten Schamkapseln. Heute würde man das als Pfauengehabe, Machismo, Gockelei belächeln und abtun. Das herausragend Beeindruckende der Kleider wird im Mainstream heute nur noch den Frauen zugestanden – sollte aber der Meinung der Reformatoren nach dringend überwunden und abgelegt werden. Das Weibliche, Geschlechtsmarkierte wird ab-, das Männlich-Neutrale als Norm der Moderne aufgewertet.

In der Mode nach der Revolution, der bürgerlichen Mode, steht (männlicher) Geist gegen (weibliches) Fleisch, oberflächliches (weibliches) Kleid gegen tiefen (männlichen) Charakter, (männliche) Eigentlichkeit gegen (weibliche) kunstvoll künstliche Uneigentlichkeit, Sein gegen Schein. Aristokratische Zurschaustellung des Körpers und seiner erotischen Reize ist nach der Revolution je nach Perspektive Privileg – oder Bürde – der Frauen geworden. Die Frau wird, kurz, »das Geschlecht«, Männer werden Menschen. Die Mode des 20. und 21. Jahrhunderts, die Mode der Moderne, tut nichts anderes, als diese bürgerliche Geschlechter- und Kleiderordnung, die sie voraussetzt, auf der sie spielt, mit Witz zu zersetzen.

## *Alberta Hunter/Alain Mabanckou und die radschlagenden Pfauen*

Wie man etwa an Alberta Hunters Lied »I got myself a little apartment, dogs, a cat and a working man« sehen kann, sind die modischen Geschlechtercodes in marginalisierten Gruppen, hier bei den Afroamerikanern, durchaus andere: Hier ist das männliche Geschlecht sexuell markiert. In diesem Lied wird das weibliche lyrische Ich von ihren Freundinnen verlacht, verspottet und bemitleidet, weil sie einen Mann an Land gezogen hat, der zwar Geld nach Hause bringt, aber das nicht hat, worauf es ankommt: Nie würde er einen Schönheitswettbewerb gewinnen. Und man kann beim besten Willen nicht sagen, dass er sich elegant anzieht: »He never wins no beauty contest/ Goodness knows he don't dress fine.« Werden die beiden zusammen auf der Straße gesehen, lachen sich die Freundinnen über so eine groteske

Objektwahl tot. Er ist dezidiert kein Hipster: »I don't want no hipster lover.« Aus der Perspektive des weißen Middle class-Mainstreams, wo das Hauptkriterium der weiblichen Partnerwahl nach eigenen Angaben die Fähigkeit des Mannes ist, Geld nach Hause zu bringen, muss es kurios wirken, dass hier die Kriterien der Partnerwahl verkehrt sind: Geht es im Mainstream um die Schönheit und die Eleganz der Frau, so kommt es hier darauf an, dass man sich mit dem Mann auf der Straße sehen lassen kann. Er muss hip, schön und ausgesucht gut angezogen sein. Sonst wird frau zum Gespött.

Dasselbe gilt noch heute in manchen marginalisierten gesellschaftlichen Gruppen. Alain Mabanckous *Black Bazaar* beschreibt die Gentlemen von Bacongo in Paris. Allen Wert der Welt legen sie nicht auf ihre Leistung und schon gar nicht auf irgendwelche charakterlichen, inneren Werte; nichts kriegen sie auf die Reihe, als phantastisch gut angezogen zu sein. Da kann man ihnen von der Kanzel herab was von inneren Werten predigen und ihnen erzählen, dass nicht Kleider Leute machen, von wegen: Sag mir, wie Du Deine Krawatte bindest, und ich sage Dir, wer Du bist. All ihr Ehrgeiz richtet sich akribisch auf das, was in der Mainstream-Kultur als »bloße Äußerlichkeit« verschrien und allenfalls weiblicher Eitelkeit zugestanden wird: alles eine Frage des gekonnten Details, des gewissen Etwas. So phantastisch angezogen zu sein, macht sie ihrer Meinung nach für die Frauen so unwiderstehlich: Alle laufen den radschlagenden Pfauen nach. Von wegen unmarkierte Sexualität. Der Roman macht aber auch klar, dass dies marginale, im Verschwinden begriffene Kulturen sind: Die Dressmen werden leicht lächerlich gemacht. Der Held bekehrt sich zum schlechten Ende zur Leistung und zu inneren Werten. Er schlägt den Weg der weißen, bürgerlichen Mittelschicht ein, wo es bei Männern auf Charakter und Leistung ankommt und als völlig daneben gilt, sich durch »Äußerlichkeiten« hervorzutun.

## *Jean-Jacques Rousseau oder die perversen Verheerungen der Mode*

Jean-Jacques Rousseau hat diesen drastischen Wechsel in der Weltordnung scharf herausgearbeitet. Rousseau wächst in der calvinistischen Republik Genf auf, um dann in das aristokratisch-postkatholisch geprägte Frankreich zu kommen. Sein Blick auf das von ihm verdammte Paris ist deshalb so kostbar, weil es der skandalisierte Blick eines Fremden ist. In Paris findet Rousseau das faszinierende Sündenbabel, von dem ihm zu Hause in der keuschen Genfer Republik als Inbegriff aller Korruption gepredigt wurde. Rousseau stilisiert sich und in seinem Roman *Julie ou la Nouvelle Héloïse* den Helden Saint-Preux, der seiner im Wallis gebliebenen Geliebten Julie in Briefen aus Paris berichtet, als jemanden, der – würde man heute sagen – unter Kulturschock steht.

Ohne dass er der Mode jemals eine eigene Abhandlung gewidmet hätte, hat Jean-Jacques Rousseau zentrale Kategorien des modernen Denkens über die Mode entwickelt. Wenige haben das zersetzende Potential der Mode so differenziert und drastisch herausgearbeitet. Rousseau sieht die Mode bereits 1761 nicht mehr durch Repräsentation, sondern durch Distinktion gezeichnet. Hier geht es natürlich immer um Veränderungen in der *longue durée.* In der Mode, analysiert Rousseau, geht es nicht um Repräsentation einer in der Ständeordnung garantierten kosmischen Ordnung des Seins. Es hat nichts mit Mode zu tun, wenn König und Königin wie

Mond und Sonne in gold- und silberdurchwirkten Seidenbrokaten diamantenstrahlend als Schmuck des Kosmos glänzen. In der Mode geht es um Distinktion. Der Hof kämpft mit den steinreichen Financiers darum, wer den Ton angibt. Er kann also nicht auf kostspieligen Prunk setzen; denn Geld haben die Financiers entschieden mehr. Bereits in der Gesellschaft des Ancien Régime in der Mitte des 18. Jahrhunderts ist jene Schicht, die den Ton bisher völlig selbstverständlich angegeben hat, also der Hof, nicht mehr die Schicht, die das meiste Geld hat. Ginge es um Prunkentfaltung, so würde die reiche Finanzbourgeoisie den ruinierten Adel sofort überflügeln. Also muss der Hof von den luxuriösen, goldbesetzten, schweren Seidenbrokaten absehen und sich etwas anderes einfallen lassen. An die Stelle des Luxus tritt der gute Geschmack. Der ist natürlich auch nicht umsonst, aber allein die ostentative Ausstellung von Luxus, wie das mit den kostbaren Pelzen, den unglaublich teuren Spitzen, den golddurchwirkten Seidenbrokaten geschah, reicht nicht mehr.

Was macht der Hof also, um sich sowohl von der Finanzbourgeoisie als vom Volk abzusetzen? Etwas in Rousseaus Augen erschreckend-aufregend Monströses: Zu Zwecken der Distinktion travestiert die Pariser Aristokratie die Geschlechtsrollen. Das findet Rousseau völlig pervers, weil ihm zufolge einzig eine »richtige« Geschlechterordnung eine »natürliche« Gesellschaft garantiert. Und die sieht so aus: »Je weniger man von den Frauen hört, je weniger man von ihnen sieht, desto besser ist es um eine Republik bestellt.« Rousseau war einer der Ersten, der einzig den Geschlechtsunterschied für natürlich, für natur- oder gottgewollt hielt. Und stereotyper, misogyner als er haben wenige diesen Unterschied gefasst. Politik ist schon bei Rousseau im wesentlichen Geschlechterpolitik.

Mode wird somit für Rousseau zum Gegenteil des Seins; sie zersetzt alles natürlich Seiende und allem voran das Allernatürlichste, nämlich Männlichkeit und Weiblichkeit. Sie ist auch die entscheidende Gegenkraft republikanisch-männlich tugendhafter Politik. Wenn adelige Damen sich wie Huren kleiden – sich etwa so dekolletieren, dass man ihre rot geschminkten Brustspitzen sieht –, bloß um von den schamhafteren Bürgerinnen nicht nachgeahmt zu werden, ist das eine Form von Klassentravestie. Wenn sie den Männern durch ihre ostentative Schamlosigkeit die klassisch weiblich-schamhafte Geste des Senkens der Augen aufzwingen, steht die Welt kopf. Wenn die Allure der Pariserinnen männlich-soldatisch ist, die aristokratischen Männer sich hingegen weibisch geben, ja, sich in Eunuchen verwandeln, dann handelt es sich um eine Verkehrung der Geschlechterrollen, eine klassische Travestie. Aber selbst wenn die Pariserinnen sich wie Frauen anziehen, verkleiden sie sich, behauptet Rousseau, durch grotesk-hässliche Übertreibung, durch völlige Künstlichkeit, der alles Natürliche, nämlich weibliche Schamhaftigkeit, abgeht. Weiblichkeit, meint Rousseau, ist für die Pariserinnen mit fingerdickem Rouge und ausladenden Reifröcken Maskerade, Verkleidung: Travestie. Der Transvestit, die Transvestitin werden damit für Rousseau zum entscheidenden Paradigma einer von ihm im Namen der Natürlichkeit der Geschlechter und der Naturalisierung der Geschlechterrollen verdammten Mode.

Das Virus der Travestie greift von Paris aus um sich; nicht einmal das gründlich reformierte, reine Genf ist vor dieser Seuche gefeit. Republikanische Männlichkeit kann nicht immer standhalten. Selbst in Genf sehe man nun junge Herren mit flötender Stimme, die Sonnenschirmchen zwischen ihren zarten Fingern drehten, höhnt Rousseau. Die jungen Herren zeigen sich weibisch in den bunten, enganliegenden

Seidenjäckchen der Aristokratie, dem *Juste au corps*, statt wie der aufrechte Bürger natürlich-männlich in locker geschnittenen, in gedeckten Farben gehaltenen Jacken aus Wolle zu erscheinen. Das Bashing der als Mädchen angezogenen jungen Männer hat eine lange Tradition.

Mode – und das ist für Rousseau synonym mit Pariser Mode – verkehrt somit eine als natürlich postulierte Geschlechtlichkeit. Sie verhindert die Naturalisierung der Geschlechterrollen und damit männliche »Eigentlichkeit, Identität«. Deshalb wird sie von Rousseau als der Inbegriff des Dekadenten verdammt und verhöhnt. Nicht Perfektibilität und Idealität, sondern Entstellung ist ihre Triebfeder. Mode ist pervers; sie ver-kehrt die Ordnung der Klassen und der Geschlechter. Mode ist künstlich und entstellt die natürliche Ordnung. Sie macht Aristokratinnen zu Huren mit männlichen Allüren, Männer zu Weibchen und Frauen zu Mannweibern. Sie verwandelt das Eigenste in Fremdes. In letzter Konsequenz verwandelt die Mode – die Künstlichkeit, das Sich-Herausputzen, das Sich-Verkleiden, das Sich-Schminken, das Sich-als-das-andere-Geschlecht-Anziehen – die Monarchie in eine idolatrische Tyrannei. Uneingeschränkt absolut regiert das Weibische in den Monarchien, wo überhaupt keine für die Republik so nötigen Männer mehr zu finden sind. Die natürliche Hierarchie der Geschlechter wird im monarchischen Paris verkehrt; Frauen unterjochen alle. Mitten in Paris finden wir uns in einem Harem wieder; die Haremsherrin ist eine Frau, die Männer ihre Lustknaben. Rousseau definiert die Pariser Gesellschaft seiner Zeit als orientalischen Gegenraum zur ländlich-patriarchalischen Schweiz und zur reinen Republik Genf. Paris wird ihm aber auch zum Gegenraum seines politischen Ideals: zum Gegenraum einer tugendhaften römischen Republik, in der es nach Rousseaus Gusto so spartanisch wie möglich zugehen sollte.

Erotische Rhetorik regiert als Götzendienst und alle antike *Virtus,* alle patriarchalische Natürlichkeit, wie Rousseau sie für Sparta und das Rom Catos proklamiert hatte, wird zersetzt.

## *Mode und Erkenntnis*

Dieses von Rousseau so treffend analysierte Potential der Mode möchte ich nicht wie er verteufeln, sondern feiern. Bis heute tun wir, wenn wir uns anziehen, eben das: Wir zeigen durch Travestie, durch das Anlegen der Kleider des anderen Geschlechtes, dass Gender eine Rolle und Geschlecht nie eigentlich ist. Dass wir in Kleidern unser Geschlecht nicht adäquat ausdrücken, sondern seine Gemachtheit zeigen, kann nicht nur durch das Anlegen der Kleider des anderen Geschlechtes, sondern auch durch die Überzeichnung der Geschlechtsmerkmale des »eigenen« Geschlechtes gezeigt werden. Deutlich wird das in der witzigen Cocotte-Kollektion von Vivienne Westwood: Weiblichkeit, ideale Weiblichkeit, ist normiert, gemacht. Üblicherweise wird dieses Gemachtsein versteckt. Die weiblichen Rundungen, das ganze Formen des Körpers zur begehrten Uhrglasform, übernahmen noch bei Dior der jetzt eingenähte Unterbau der Kleider: Hüft- und Popolster, Schulterpolster, Taillenschnürungen. In der Cocotte-Kollektion verrutschen die Polster leicht schief, oder sie sind ein bisschen zu groß: überzeichneter Po, überzeichneter Busen. So werden diese Normen vollkommener Weiblichkeit nicht naturalisiert, sondern als künstlich Gemachte ausgestellt. Frappiert hat mich eine Kollektion von Gaultier aus den 90er Jahren: Den Kleidern wurden die Hüft- und Busenpolsterungen und die Taillenschnürungen,

Christian Dior, Tailleur Bar, 1947

Vivienne Westwood, *Vive la Cocotte* 1995

also der Unterbau »natürlicher« Weiblichkeit, gut sichtbar außen am Kleid angebracht. Die Spuren von Zurichtungen zur Weiblichkeit hafteten den Kleidern unübersehbar an. Diese Kleider zitierten Transvestiten, die sich unbeschreiblich weiblich zurechtgemacht hatten. Hier hatte ein Transvestit etwa »vergessen«, seine Brustbehaarung vollständig zu entfernen: Im Dekolleté sieht man einzelne Strähnen. Beide Kollektionen zeigen, dass Gender ein *Doing*, eben ein Verkleiden ist.

Mit der Gleichheit aller wird männlich/weiblich zur entscheidenden, strukturellen Grundopposition von Gesellschaft. In einem ideologischen *move* werden die Geschlechtsrollen naturalisiert, Gender mit Sex zur Deckung gebracht. Ein natürlicher Unterschied soll an die Stelle des jetzt als willkürlich definierten Unterschiedes der Stände treten und de facto Diskriminierung legitimieren. Mode verunmöglicht diese Naturalisierung von Gender in Sex. Sie zeigt durch Travestie, dass Gender eine Rolle ist. Mode erschafft die Konventionen, die das Weibliche und das Männliche ausmachen, und macht sie gleichzeitig als konstruierte und nicht als natürlich authentische lesbar. Sie führt vor, dass weiblich/männlich keine biologische Kategorie ist, die identisch ausgedrückt werden könnte. Mode zersetzt damit das Fundament der bürgerlichen Gesellschaften. Dafür ist sie nicht nur mit den Sitten, sondern oft auch mit dem Gesetz in Konflikt geraten.

Wir haben auch gesehen, dass weiblich/männlich keine symmetrische Opposition ist. Männlich heißt unmarkiert, neutral, weiblich heißt markiert. Das wird im bürgerlichen Zeitalter nicht nur in der Kleidung, sondern auch in den romanischen Sprachen sinnfällig.

*Zersetzung, nicht Aufhebung von Binarität*

Die hier vorgestellten Überlegungen widersprechen zwei Theoremen der aktuellen Diskussion um die Mode. Sie widersprechen erstens der Behauptung, dass »genderneutral« das, was in manchen Kollektionen, in einem Kleid passiert, richtig beschreibt. In den 70er Jahren hieß das unisex. Sie widersprechen auch der Vorstellung, dass es so etwas wie genderneutrale Mode gibt oder die Entwicklung zumindest in diese Richtung ginge. Als Beispiel werden immer wieder Kleider gegeben, die alle Körperformen neutralisieren. Aber eben dies ist das männliche Prinzip der Mode in der Moderne: Der bürgerliche, männliche Körper stellt sich nicht zur Schau, er wird zugunsten der Persönlichkeit neutralisiert. Inbegriff dieser im Männlichen gezeichneten Moderne ist der klassische, schon von Nietzsche gefeierte Anzug, der aller ostentativen Zurschaustellung prächtiger Geschlechtlichkeit entsagt. Die Vorstellung, Traum oder Albtraum, die Differenz der Geschlechter neutral aufzuheben, ist nichts anderes als das alte, verkleidete Phantasma männlicher Identitätsbehauptungen. Das Prinzip der »genderneutralen« Mode ist also de facto Transvestie: Frau als Mann.

Sie widersprechen zweitens der Behauptung, dass sich die Männermode des 19. Jahrhunderts bis in die 80er Jahre des 20. Jahrhunderts strukturell nicht von Frauenmode unterscheidet, dass Männermode genauso modisch gewesen sei wie die Frauenmode und auch Männer das Privileg des Modischen gehabt hätten. Das Was, nicht das Wie habe die Geschlechter geteilt; beide seien zwar anders angezogen, aber gleich modisch. Anders ausgedrückt: Gezeigt werden soll, dass die Opposition von Männlichem (unmarkierte Geschlechtlichkeit) und Weiblichem (markierte Geschlechtlichkeit) sehr wohl seit der französischen Revolution die die

Mode bis heute strukturierende Opposition geblieben ist. Mode ist Stigma/Privileg des Weiblichen, das auch Männer zeichnet, wenn sie pfauenradschlagend prunken: Sie gelten dann als weibisch. Auch diese Norm hat die Mode vorgeführt und zersetzt. Seit etwa 40 Jahren geht es darum, das Privileg oder die Bürde der Weiblichkeit, der markierten Sexualität, für Männer zurückzuerobern. Und das geschieht durch die Dekonstruktion des Anzugs, der männlich-neutralen Norm.

## *Travestien*

Heißt das, dass ich dafür plädiere, dass Männer sich »männlich«, Frauen sich »weiblich« anziehen sollten oder dass ich heterosexuelle Normvorstellungen durchsetzen möchte? Keineswegs: Denn in der Mode geht es nicht um Geschlechtsidentität, sondern um deren Zersetzung. Die Geschlechterdifferenz steht im Herzen der Mode der Moderne; Mann und Frau sind keine identitären, sondern relationale Begriffe. Geschlechtlichkeit wird nicht ausgedrückt und auch nicht neutral überwunden, sondern produziert, geleistet, vorgeführt.

Die Mode, gefasst als Kommentar zu Kleiderordnungen, hebt diesen Unterschied zwischen den Geschlechtern, für dessen Etablierung die Kleiderordnungen zentral sind, nicht auf. Sie neutralisiert diese Differenz nicht etwa und macht weder alle gleich noch individuell einzigartig. Sie verschärft vielmehr den Geschlechtsunterschied, um die Geschlechterstereotype gegeneinander zu führen und das Mann- und Frau-Sein zu verrücken, zu entstellen, zu überhöhen, zu übertreiben. Dies dient grundsätzlich einer auf die Spitze getriebenen Erotisierung, einem Mehr an Reiz. Mode, das ist die Hypothese, ist seit der Moderne immer Crossdressing. Klasse, Stand und Geschlecht sind die Parameter. Natürlich gab es immer Crossdresser – wir hatten schon Jeanne d'Arc erwähnt – und der berühmteste ist vielleicht der Chevalier oder eben die Chevalière d'Eon (1728–1810), die sich als Frau anzog und Teile ihres Lebens als Frau verbrachte. Crossdressing, so möchte ich argumentieren, bestimmt mit dem 20. Jahrhundert die Mode generell und wird so zur modischen Norm: Wir alle sind Crossdresser.

Zuerst passierte das Gegeneinanderführen der Genderstereotype in der weiblichen Mode. Der Erwartungshorizont der Genderstereotypisierung wurde »unpassend« durchbrochen, Weibliches wird von Männlichem oder umgekehrt durchkreuzt: kurzer, weich schwingender Glockenrock (mädchenhaft) mit martialischen Ankle boots (aufgerüstet männlich). Ein gerüschtes Kleid (süß-weiblich), das mit einem supermännlichen Militärreißverschluß dem Körper eng angeschmiegt wird. Erst durch dieses Mehr ihrer Kleider werden die Frauen im Zeichen des Phallischen unbeschreiblich weiblich. Das phallische Moment der Frauenmode der Moderne liegt zum einen quasi thematisch bei diesen Anleihen an die Mode der waffentragenden Männer, die klassisch ihre Körper paradieren ließen und ungehemmt zeigten, was sie hatten – und oft mehr, als sie hatten. Waffentragende Männer ließen ihre Körper in ihren Kleidern, over-sexed und over-dressed, unmissverständlich sprechen. Hier geht es grundsätzlich um ein Mehr, ja, um ein Zuviel. Der Bürger musste sich dieses Zuviel abschminken. Der Preis der Macht war das Genderneutrale, das Aufgeben phallischer Ostentation.

Die Frage ist, ob heute auch in der Männermode dieser reizende Aufeinanderprall von Geschlechterstereotypen nicht mehr wie bisher nur im Abseits des Mainstreams, ja in dessen Durchkreuzung – im Dandy, in den Perlenketten und Ohrringen der Rapper –, sondern breit praktiziert wird. Die Kollektionen von *Jacquemus*, von *Gucci*, von *Saint Laurent*, von *Margiela* weisen darauf hin: Rüschenshorts für Jungs, Spiel von nackter Haut und Stoff, ein hautenger Sitz, der Techniken der weiblichen Haute Couture auf die Männermode überträgt – Muster, die aus der weiblichen Mode entlehnt sind.

## *John Carl Flügel und die große männliche Entsagung*

Grundlage der hier vorgestellten Überlegungen ist John Carl Flügel, der durch einen Wortwitz in die Modegeschichte eingegangen ist. Flügel parallelisiert die »Great French Revolution« mit der »Great Male Renunciation«. Für Flügel ist es mit der Umwälzung des Gesellschaftssystems zu einer Umwälzung des Modesystems gekommen; es handelt sich nicht nur um eine quantitative, sondern um eine qualitative Veränderung. Flügel lässt die Mode der Moderne mit einem entscheidenden Bruch auch der Modegeschichte beginnen. Die Heraufkunft des bürgerlichen Zeitalters führt zu einer Verkehrung der bisherigen Kleiderordnung. Ursprünglich, so Flügel, waren Frauen das bescheidenere, schamhafter angezogene, bedecktere und Männer das geschmückte, durch seine Kleidung stärker erotisierte Geschlecht. Waren einst die Männer das schönere, prunkendere Geschlecht, werden das jetzt die Frauen. Männer gockelten herum; herrlich paradierten sie. Von dieser vorrevolutionären Ordnung der Dinge bleiben um 1900 nur noch magere, bedrohte Rückstände. Das sind bis zum Ersten Weltkrieg die farbenprächtigen, geschmückten, goldglänzenden Uniformen, die sich wie die Kleider der Frauen vom ungeschmückten Grau oder Schwarz des bürgerlichen Anzugs abheben.

In den modernen Gesellschaften, merkt Flügel an, hat sich das radikal verkehrt: Im Zivilleben ist die Frauenkleidung jetzt schmückender, üppiger, aufgeputzter, prunkender, aufwendiger, auffälliger, kurz: herrlicher als die Männerkleidung. Die Revolution besiegelt das Ende der Gleichheit der Geschlechter in modischen Dingen. Hatten bis zur Revolution Männer wie Frauen der Aristokratie das Privileg genossen, anziehend mit ihren körperlichen Reizen zu prunken, so bleibt das nach der Revolution den Frauen vorbehalten. Die bürgerliche Gesellschaft konstituiert sich, Flügel zufolge, durch diese »Große Männliche Entsagung«.

Ein Großteil des zumeist von Männern geschriebenen philosophisch-soziologischen Diskurses sieht dieses Phänomen nicht als einen Verlust an Lust für die Männerwelt, sondern als ein ästhetisches, stilistisches, ja, moralisches Plus – von Nietzsche über Loos bis zu Le Corbusier herrscht hier Einigkeit. Ästhetische Trends wie die Neue Sachlichkeit und das Bauhaus unterstützten diese Argumentationslinie. In dieser Perspektive bleibt die Frauenmode anachronistisch, unvernünftig, absurd hässlich, übertrieben, hypertroph, *oversexed*, stillos unelegant, ein »gräßliches Kapitel« (Loos) der Kulturgeschichte. Sie bedarf dringender Reformation. Allerorten wird im Namen der Emanzipation eine Modedämmerung heraufbeschworen: In einer Demokratie, in der Männer und Frauen gleichgestellt sind, hat die Mode einfach keinen Platz. Alle sollen, so modern wie unmodisch, ein Äquivalent des Anzugs tragen.

Nicht so Flügel. Er sieht in der Mode der Moderne den Verlust eines Privilegs – schön zu sein, sich prächtig anzuziehen, sich zu schmücken, zu glänzen – und eine den Männern abverlangte schmerzhafte Sublimationsleistung. Flügel führt den männlichen Verzicht zum einen auf einen psychoanalytischen und zum anderen auf einen politischen Grund zurück. Während die Frauen ihren ganzen Körper erotisch besetzten, sei die erotische Besetzung beim Mann auf sein Geschlecht fokussiert. Die Frauen genössen deshalb die Zurschaustellung ihrer Reize mehr als die Männer, sehe man von dem direkten Zeigen des Geschlechts ab. Für Frauen sei es folglich schwerer, den ihren ganzen Körper betreffenden Narzissmus zu sublimieren und die Zurschaustellung ihrer Reize zu unterdrücken.

Den Verzicht des Mannes auf Zurschaustellung seiner erotischen Reize durch die Kleidung erklärt Flügel jedoch letzten Endes nicht durch eine anthropologische Konstante – das Fehlen einer erotischen Ganzkörperbesetzung –, sondern durch die politisch-gesellschaftliche Entwicklung. Das neue demokratische Prinzip der Gleichheit wird nur in der Männermode befolgt. Weil jetzt alle Menschen Brüder geworden sind, gleichen sich die Männer in der Mode tatsächlich an. Männer verzichten jetzt – um der Gleichheit willen –, anders als die Aristokraten, darauf, sich durch ihre Kleidung in körperlicher Schönheit auszuzeichnen.

Mit leisem Bedauern stellt Flügel fest, dass die Zeit der radschlagenden Pfauen mit dem Ende der Herrschaft der Aristokratie vorbei sei. Das neue Ideal der Brüderlichkeit verlange nicht mehr nach Kleidern, die den Unterschied zwischen den Ständen betonen, sondern nach Kleidern, die Gleichheit durch größere Uniformität suggerieren. Hatten die höheren Stände bis zur Revolution gar nicht daran gedacht zu arbeiten, so wurde die funktionale Einfachheit der Kleider jetzt durch das neue Ideal des arbeitenden Mannes befördert. Der männliche moderne Kleidungsstil zielt auf unauffälliges Einfügen und nicht auf körperlich-erotisches

Hervorstechen: keine Zickenkriege, keine Hahnenkämpfe, jedenfalls auf diesem Terrain.

Die den Männern aufgebürdete Entsagung, in der neuen, nüchtern-asketischen, zweckmäßigen, korrekten Kleidung auf jede Zurschaustellung zu verzichten, geht aber, Sublimation hin oder her, nicht ohne Verschiebung vonstatten: Aus dem Gefallen daran, beschaut und begehrt zu werden, wird ein Gefallen daran, zu beschauen und zu begehren: *girl watching*. Der bürgerliche Mann stellt die Reize und das Raffinement seiner Begleiterin quasi stellvertretend aus: *Trophy wives*. Mir nichts, dir nichts treten aber neben diese Frauen, die sich schmücken, um als Schmuckstücke der Männer in Konkurrenz zu treten, andere Frauen, denen Flügel den steinigen Weg der Entsagung vorschreibt oder besser vorhersagt. Den Frauen, die stärker am Arbeitsleben und an öffentlichen Ämtern teilhaben wollen, ist das Opfer vorherbestimmt, das die Männer schon lange gebracht haben. Auch sie werden um der Allgemeinheit willen ihren Narzissmus aufgeben und sich nüchterner, einheitlicher und zurückhaltender, kurz: weniger schön als korrekt kleiden müssen.

Ich halte Flügels Grundthese für richtig. Strenger als im bürgerlichen 19. Jahrhundert hat die Mode die Geschlechter nie geteilt. Der Soziologe Edmond Goblot geht so weit, von einem »*dimorphisme sexuel*«, einer nach Geschlechtern getrennten »Zweiförmigkeit« des bürgerlichen Menschen zu sprechen. Per Verordnung war nach der Revolution nicht mehr festgelegt, welcher Stand was tragen darf – das besorgten bis ins 18. Jahrhundert die sogenannten Luxusgesetze –, wohl aber, wer die Hosen anhatte. Eine berüchtigte Polizeiverordnung vom 16. Brumaire des Jahres IX verbot den Frauen das Hosentragen; dazu benötigten sie jetzt eine polizeiliche Erlaubnis.

Dieser Unterschied zwischen den Geschlechtern in der nachrevolutionären Epoche liegt nicht darin begründet, dass sich Männer und Frauen verschieden anziehen – das haben sie immer getan –, sondern dass ihre Haltung zu Kleidung und Mode eine grundsätzlich andere wird, selbst wenn die Kleidungsstücke dieselben zu sein scheinen. Und das ist neu.

## *Genderneutral normiert: Die neue Männlichkeit*

Was passiert mit dem männlichen Körper im langen 19. Jahrhundert? Der Mann befreit sich im neutralisierenden Anzug vom Stigma der Mode und damit von allem als weibisch verpönten, geschlechtlich markierten Modischen. Die Männermode konstituiert sich mit dem bürgerlichen Zeitalter als Antimode im betonten Gegensatz zu all dem, was adelige Mode im Ancien Régime ausmachte. Und im Gegensatz zu all dem, was weibliche Mode in der Moderne ausmachen wird. Prachtentfaltung und Körperbetontheit sind verpönt: Der bürgerliche Mann macht sich nicht zum Spektakel. Bürgerlich gibt er tagaus, tagein das Spektakel des Unspektakulären: die Rhetorik der authentischen Arhetorik. Folgt man Nietzsche, dann ist es den Geistesmenschen, selbstredend männlich, im Anzug gelungen, modern zu sein, weil sie nicht modisch sind. Der Anzug ist Vorzeichen der von allen Fortschrittlichen erhofften Modedämmerung.

Der Anzug wird zum ikonischen Zeichen, das die moderne Subjektnorm und die bürgerlichen Werte ausdrückt und dies nur kann, indem er sich selbst unsichtbar macht: Männer sind nicht modisch. Der Anzug neutralisiert den erotischen Körper und erschafft so die Norm des bürgerlichen Menschen. Er konstituiert den Bürger als Gegenstück des sich im Schein ergötzenden Aristokraten als natürlich, authentisch Seienden. Mit Barthes gesprochen, konnotiert dieses Kleidungsstück nicht willkürlich wechselnde Künstlichkeit, also Mode, sondern Funktion und bekommt damit die Selbstverständlichkeit von Natur.

Der moderne Anzug beginnt mit der Übernahme der Kleider des Tiers État. Hier trug man keine bunten, leuchtenden, sondern dunkel gedeckte Farben, mit den niedrigeren Klassen konnotierte Stoffe wie Flachs, Leinen und Wolle und keine glänzende, schwere Seide wie der Adel. Anzugstoffe waren nicht gestreift, gebauscht, bunt zusammengesetzt, üppig verziert, sondern zurückhaltend, dunkel, einfärbig. Wenn Muster, dann so diskret, dass man es fast nicht sieht. Der hauchfeine Nadelstreifen etwa sagt das ja bereits.

Der moderne, klassische Anzug, der sich aus der Kleidung des Tiers État entwickelte, überformt den Körper idealisierend durch Schulterpolster und lose fallenden, den Formen vage folgenden Stoff. Gesäß und Geschlecht verschwinden unter der Anzugjacke. Es gibt kein Spiel zwischen nackter Haut und Stoff; bis auf die Hände und das Gesicht ist der Körper bedeckt. Die Körperumrisse werden verschliffen; der Körper wird in seiner Fleischlichkeit unsichtbar. Keine Wade, kein Schenkel zeichnet sich in straff sitzenden, womöglich noch gestreiften! Seidenstrümpfen ab. Der Anzug paßt sich den Bewegungen des Körpers an, ohne dabei seine formgebende Funktion, die durch Schnitt, aber auch durch das Unterfüttern entsteht, zu verlieren.

Normgerecht ziehen sich Männer alle ähnlich unauffällig an. Die Variationen – Hemdkragen, Manschettenknöpfe – sind minimal. Der Kenner mag hundert verschiedene Smokings haben, aber man muss sich auskennen, um die feinen Unterschiede zu sehen. Die Distinktion ist deswegen in der Männermode Insiderwissen. Die Schmuckfunktion wird auf die Krawatten, von denen man allerdings nie genug haben kann, weil jede offensichtlich anders aussieht und zudem – wie der Psychoanalytiker Flügel so nett sagt – phallische Verweisfunktion besitzt, reduziert. Männer schminken und schmücken sich nicht mehr wie noch im Ancien Régime, sie tragen auch keine rotbesohlten Absatzschuhe wie am Hof Ludwigs XIV. Im Ganzen ist die Männermode eine gradlinige, eine schnörkellose Angelegenheit. Sie will sich gepflegt, korrekt funktional: *Form follows function.*

## *Schwul*

Die, die ihren Körper wie die Höflinge reizend zur Schau stellten, gerieten mit der Aufklärung und a fortiori mit dem 19. Jahrhundert in den Geruch des Weiberhelden oder des Schwulen. Männlichkeit, richtige Männlichkeit, tritt von nun an betont antitheatralisch in Erscheinung. Wer sich herausputzte, wer sein Äußeres mit Parfüm und Schminke inszenierte, wer sich flamboyant in Szene setzte, konnte kein richtiger Mann sein. Zu viel männliches Paradieren, zu viel ausgestellte Männlichkeit ist suspekt: undenkbar, dass der moderne Mann kostbar geschmückte Schamkapseln oder seidig bestrumpfte Beine zeigt. Das Paradieren des herausgeputzten, des kunstvoll inszenierten Körpers ist mit der Moderne von einer aristokratischen zu einer weiblichen Geste geworden.

Sich als Mann anzuziehen, hieß, sich wie alle bürgerlichen Männer unauffällig zurückhaltend als selbstbestimmtes und selbstbewusstes Subjekt, eben als Bürger anzuziehen. Mit seinen Kleidern zu zeigen, dass man Wichtigeres im Kopf hat, als auch nur einen Gedanken auf die Kleider zu verschwenden, die man trägt, war eine Kunst, die beherrscht sein wollte. Es ging bei den Männern nicht mehr darum, prunkvoll, schön oder reizend, sondern richtig und korrekt angezogen zu sein. Distinktion besteht darin, Distinktion unsichtbar zu machen. Kunstvoll will die Kunst des Sich-Anziehens verborgen sein. Der Anzug soll die Person, das Individuum unterstreichen und den Geschlechtskörper, den die höfische Mode betont hatte, neutralisieren. Die männliche Mode, die Klassenmode blieb – *white collar* and *blue collar*, Jeans versus Flanellhosen, T-shirt versus Hemd –, wurde von nun an vom Schatten des *fob*, des *fag*, des *gay*, des Schwulen begleitet.

Dem Anzug war ein globaler Siegeszug beschert; er war das erste tatsächlich internationale Kleidungsstück. Zu Recht hat Anne Holländer ihn als DAS Kleidungsstück der Moderne definiert. Fast klassisch ist der Anzug den Zyklen der Mode kaum unterworfen. Während sich die weibliche Silhouette in den letzten zweihundert Jahren radikal verändert hat, zeigt sich die Silhouette des Mannes durch eine erstaunliche, man ist versucht zu sagen: klassische Konstanz aus.

## *Schmuckstück an seiner Seite*

Sein ewig unauffällig dunkler Anzug gab den idealen matten Grund, auf dem ihre glänzenden Seiden, ihre strahlenden Juwelen aufleuchten konnten. Der in grauschwarzem Tuch unterstrichene, im Understatement belassene Luxus des Mannes findet im Juwel an seiner Seite den passenden, in Samt und Pelz schwebenden, mit Schmuck behangenen, in bunten Farben schillernden Ausstellungsgegenstand. Das hat sich bis heute kaum geändert. Man denke an Cannes oder an die Oscars. *Ihr* Schein stellt *sein* Sein zur Schau. Während die Männer zunehmend in das Kollektive einschmelzende Berufskleidung anlegen, beginnt sich die Frau als »Frau« anzuziehen. Die Männer produzieren, die Frauen konsumieren; die einen arbeiten, die anderen pflegen die Muße und das gesellschaftliche Leben. Je sicherer die Männer die Macht unter sich aufteilen, umso freigiebiger werden die adeligen Attribute der Herrschaft auf die Frau übertragen: Sie wird zur unumschränkten Königin der Herzen.

## *Persönlichkeit*

Sehr schön hat Theodor Friedrich Vischer 1879 den Unterschied zwischen der weiblichen und der männlichen Kleidung auf den Punkt gebracht. Der Anzug rahmt, unterstreicht die Persönlichkeit des Trägers. In der weiblichen Mode dagegen sagt das Kleid auch an und für sich etwas: »Das männliche Kleid soll überhaupt nicht für sich schon etwas sagen, nur der Mann selbst, der darin steckt, mag durch seine Züge, Haltung, Gesicht, Worte und Taten seine Persönlichkeit geltend machen.« Gleichzeitig markiert Vischer den Umbruch in der Herrenkleidung, der zwischen den aristokratisch und den bürgerlich geprägten Gesellschaften stattgefunden hat. In aristokratisch geprägten Gesellschaften spricht auch das Kleid der Herren noch an und für sich; es sticht durch Farben, durch Verzierungen ins Auge. Die Herren tun sich durch ihre Kleider hervor. In bürgerlich geprägten Gesellschaften tritt der Anzug wie unsichtbar hinter die Persönlichkeit zurück: »Unseren Großvätern noch galt als ganz natürlich, daß der eine durch einen roten Rock mit Goldborte und blauen Strümpfen, der anderen durch einen grünen mit

Silberborte und pfirsichrotgelben Strümpfe sich hervortun mochte. Wir sind damit rein fertig, gründlich blasiert gegen alles Pathetische, wir haben nur ein müdes Lächeln, wenn einer durch anderes, als sich selbst, in seiner Erscheinung sich herausdrängen will [...] Obwohl diese Scheinlosigkeit des Männerkostüms wenig über ein halbes Jahrhundert alt ist, kann man doch sagen, sie bezeichne recht den Charakter der Mode, nachdem aus ihr geworden, was ihrer Natur nach im Laufe der Zeit werden mußte.« Die Mode der Moderne ist seit ihrer Geburtsstunde weiblich oder mindestens weibisch, dandyesk, schwul konnotiert. Eigentliche Männer hat sie nicht zu interessieren.

### *Damenmode: Ein aristokratischer Überhang im bürgerlichen Zeitalter*

Der klassischen und klassisch modernen Herrenmode steht eine historistische Damenmode gegenüber, die aus einem scheinbar unendlichen Zitatfundus der Mode anderer Epochen und anderer Kulturen schöpft. Klassisch moderne Zeitlosigkeit auf der männlichen Seite steht einem historistischen Recycling auf der weiblichen Seite gegenüber. Wenn wir uns im Zeitraffer die Entwicklung der Frauenmode vor Augen führen, dann ist sie – und das ist vielleicht das Ausschlaggebende – eindeutig anachronistisch: ein aristokratischer Überrest im bürgerlichen Zeitalter. Das mag verwundern, da die Mode ja geradezu etymologisch mit der Moderne verschwistert und immer mit den Avantgardebewegungen in Verbindung gebracht worden ist. Wie der Adel ehedem stellen jetzt die Frauen – und nur noch die Frauen – ihre erotischen Reize in den Vordergrund.

Wie die Frauenkleider mit ihren Reifröcken vor der Revolution bleibt die weibliche Mode bis zum Anfang des 20. Jahrhunderts im wahrsten Sinne des Wortes raumgreifend. Die Kleider bleiben dreidimensional und dafür braucht es aufwendige Konstruktionen. Wie im Ancien Régime werden Hüften oder Po und Dekolleté ausgestellt. Wie im Ancien Régime verzieren Putzmacherinnen, die es bei den Männern jetzt nicht mehr gibt, die Oberfläche der Kleider mit Rüschen und Schleifen.

Wird die männliche Kleidung mit dem Anzug funktional, so bleibt die weibliche vom Ornament bestimmt. In den Augen seiner Kritiker macht das Ornament funktionsunfähig. Die genderkonform angezogene Frau an seiner Seite stellte in ihrem Körper vor allem eines zur Schau: einen in seiner Bewegungsfreiheit durch Corsagen, den Cul de Paris so kunstvoll hergerichteten wie massiv behinderten Körper, der seine Moden ständig sündhaft teuer wechselt. Diese Funktion des Schmuckstücks oder der Trophäe ist auch heute nicht verschwunden. Einzig den Frauen – und den schwulen Geliebten – obliegt bis heute die Funktion, reiner Schmuck, einfach schön zu sein.

## *Sind wir noch im 19. Jahrhundert?*
## *Sexobjekt oder Neue Frau?*

Entspricht das noch heute der Art, wie sich Männer und Frauen anziehen? Sie macht sich zum auffälligen, sinnlichen Schmuckstück, er kleidet sich funktional, eher schlicht?

Auf diese Frage antworten zwei Narrative, ein depressives und ein euphorisches. Das depressive Narrativ erzählt die Geschichte von weiblicher Verdinglichung und Entfremdung. Diesem Narrativ zufolge wird Weiblichkeit in der zweiten Hälfte des 19. Jahrhunderts im Rahmen des Entstehens der modernen Konsum- und Warenkultur zum Spektakel. In den Warenhäusern erobern Frauen den öffentlichen Raum als Kundinnen. Mit den Schaufensterpuppen dringt warenförmige Weiblichkeit auf die Straße. Die Boulevardpresse und das Fernsehen zeigen Stars und Sternchen, die ihre Reize auf Bildschirm und Hochglanzpapier zur Schau stellen. Kurz: eine Geschichte der Reduktion der Frauen zum Sexobjekt, zum Objekt des männlichen Blickes, mit dem sich viele Frauen in völliger Selbstentfremdung dann auch noch zufrieden, und vermeintlich selbstbestimmt, identifizieren.

Die euphorische Version des Modenarrativs erzählt die Geschichte einer Befreiung. Fesseln werden abgeworfen, das Korsett gesprengt, Bewegungsfreiheit erobert; ohne Komplex zeigt sich der weibliche Körper, der sich nicht mehr schamhaft verhüllen muss, leicht trainiert und golden gebräunt. Im zwanzigsten Jahrhundert bemächtigen sich die Frauen im Zuge des Kampfes für gleiche Rechte der Männerkleider; sie haben jetzt die Hosen an. Diese Übertragung von Männerkleidern in Frauenkleider ist *das* bestimmende Prinzip der Mode in der Moderne und es wird in diesem euphorischen Narrativ als ein Schritt in Richtung Emanzipation, in Richtung Freiheit gelesen.

### *Cross Dressing oder nichtbinär?*

Es ist Gemeingut der Modegeschichtsschreibung, dass die Herrenmode der Moderne, wie sie sich im 18. Jahrhundert im englischen Landadel entwickelte, in die Damenmode übertragen wird. Der englische Landadel zeigte in seiner

Kleidung pragmatisch, dass er seine Güter anders als der durch seine Kleider völlig behinderte, funktionsuntüchtige französische Adel selbst bewirtschaftete. Verwandelten sich die französischen Aristokraten, wie die frankophobe, englische Satire nicht müde wurde zu betonen, durch die Mode in »Äffchen« und »Püppchen«, so konnten sich die englischen Aristokraten durch die raffinierte, bequeme Einfachheit ihrer Kleider in all ihrer Männlichkeit gegen die französische, weibische Korruption der Höflinge verwahren. Aus dieser englischen Kleidung entwickelte sich der funktionale Herrenanzug, der peu à peu und verstärkt zu Anfang des 20. Jahrhunderts in die Damenmode übertragen wurde. Dem Credo der Moderne zufolge konnte die Damenmode so, und nur so, ihren Anachronismus ablegen und modern werden. Neue Frauen brauchten neue Kleider.

## *Coco Chanel: Aus Mann mach Frau, aus englisch universal.*

Coco Chanel, eine Pionierin der neuen, endlich »modernen« »natürlichen« Weiblichkeit, hat das auf den Punkt gebracht: »Sie nahm das englische Männliche und machte es weiblich. Ihr ganzes Leben«, so soll Chanel, von sich selbst in der dritten Person redend, zu Salvador Dalí gesagt haben, »hat sie nichts getan, als aus Männerkleidern Frauenkleider zu machen: Jacken, Haarschnitt, Krawatten, Manschetten.« Die Übertragung des modernen Herrenanzugs auf die Damenmode: Das macht Damenmode modern. Es wurden aber, wieder ikonisch Chanel, nicht nur der englische Landanzug, sondern auch die Arbeitskleidung der Matrosen, die weiten, hochtaillierten Leinenhosen und die *Marinière*, die bis heute für die französische Mode steht, in die Frauenmode übertragen. Frau als Mann, oder eigentlich eher Frau als Jüngling: die *Garçonne*. Das hat noch die großen Namen der Mode bis ins 21. Jahrhundert geprägt: *Comme des Garçons* hat Rei Kawakubo ihr Label genannt. Aber vielleicht wurden undercover auch Teile der vorrevolutionären Herrenmode, der Mode der männlichen französischen Aristokratie, in die Frauenmode übertragen? Die weniger funktional als schmückend und extrem erotisch markiert waren? Dann wäre dieses Phänomen nicht als unisex oder genderneutral – Stichwort Hosenanzug –, sondern als crossdressing am besten beschrieben.

Dass die Neue Frau im Zeichen des Männlichen kam, hört man nicht nur an der französischen *Garçonne*, sondern auch im Deutschen am Bubikopf. Wie die Männer begaben sich die Neuen Frauen auf den Arbeitsmarkt, sie rauchten, gingen bis spät in die Nacht aus und tanzten. Sie eroberten den öffentlichen Raum, schlank und schnell, mit kürzeren, korsettlosen Kleidern, deren Fransen im Rhythmus des Jimmy wippten. Sie saßen nicht mehr zu Hause, sondern spielten Tennis, fuhren Ski, ritten im Herrensitz, machten Strandspaziergänge und nahmen Meerbäder. Die kurzen Haare offen im Wind, leicht gebräunt und geschmeidig, zeigten sie *Allure*. Die Tage der wohlbehüteten Hellhäutigkeit waren gezählt. Coco Chanel war, ganz in aristokratisch männlicher Tradition, ausgesprochen sportlich. Der weibliche Körper sollte so wie der einsatzbereite männliche Körper bei Wind und Wetter geländegängig sein. Passive Fleischlichkeit galt es, leicht trainiert, hinter sich zu lassen. Wie schon Paul Poiret gab Chanel, wie in der Männerkleidung üblich, jegliche Korsettierung auf. Die Metamorphose von Fleisch in Silhouette, von raumgreifender Oberfläche in Bewegung – das ist vielleicht die beste Beschreibung für die Entwicklung der weibli-

Gabrielle (Coco) Chanel trägt eine *Marinière*, 1928

chen Mode. Aus einer eher statisch-üppigen Drei- wird eine bewegte, schlank-schnelle Zweidimensionalität.

Das Meisternarrativ der Moderne erzählt so eine im wahrsten Sinne des Wortes fortschreitende Geschichte, die Geschichte eines Fortschritts, der fortschreitenden Befreiung zur Bewegungsfreiheit. Das Radfahren machte Fußfreiheit und idealerweise Beinfreiheit notwendig, dasselbe gilt für das Tennisspielen und das Skifahren. In langen, engen Röcken und High Heels kommt man schlecht eine Rolltreppe herunter, schlecht aufs Trittbrett einer Straßenbahn. Erst die Beinfreiheit macht die Eroberung des öffentlichen Raumes möglich. Nach dem Vorbild der Männer emanzipieren, befreien sich auch die Frauen in dieser fortschreitenden Erfolgsgeschichte von Zwängen.

Die Frage, ob das tatsächlich eine Befreiung war, lasse ich jetzt einmal außen vor. Klar ist, dass das äußere Gerüst durch ein inneres ersetzt, also Disziplin geübt werden musste. Diät, Sport, Gymnastik wurden so wichtig wie nie zuvor. Das Regime der heutigen Körperoptimierung mit all seinen schwierigen Begleiterscheinungen, von denen ich nur, pars pro toto, die Anorexie erwähne, ist hier vorgezeichnet.

## *Stigma Weiblichkeit*

Diese fortschreitende Befreiung wird normalerweise als Entwicklung zum Unisex oder zur genderneutralen Kleidung beschrieben. Bei genauerem Hinsehen liegt aber auch am Grunde des sogenannten Unisex eine Form der Travestie: Frauen, Mädchen eignen sich die Kleider der Männer, der Jungs an. Dabei geht es um viel mehr als Kleider. Es geht um das Ablegen des Stigmas der Weiblichkeit und das Anziehen des ganzen Menschen auch für Frauen nach dem Muster des Mannes. Dieses Narrativ der weiblichen Mode erzählt die Erfolgsgeschichte einer Subjektwerdung nach männlichem Muster; ihm geht es um Emanzipation und Geschlechtergleichheit. Die für die Moderne grundlegende Geschlechterordnung, für deren Etablierung die Mode im 19. Jahrhundert wesentlich war, soll überwunden werden. Voraussetzung für die Gleichheit zwischen den Geschlechtern wird das Zurücklassen, die Überwindung des Weiblich-Weibischen, der Ausgang aus Entfremdung und Verdinglichung.

Wir haben gesehen, dass der moderne Herrenanzug tatsächlich neutralisiert und den geschlechtlichen Körper nicht markiert. Aber wird auch der weibliche Körper durch, sagen wir, den Hosenanzug neutralisiert? Wird so etwas wie Genderneutralität erreicht? Sehen wir uns zwei Ikonen an, die als gelungene Übertragung des Anzugs in die Damenmode gelten: das Chanel-Kostüm und das Kleine Schwarze. Bis heute sind sie allgegenwärtig. Ihnen wird bescheinigt, das Gleiche für Frauen zu leisten, was der Anzug für Männer leistet. Also vor allen Dingen eine unmarkierte Sexualität.

## *Ikonisch: Kostüm und Kleines Schwarzes*

Das Chanel-Kostüm von 1916 wird als Pendant zum Anzug gefeiert. Aber de facto hat nicht der bürgerliche, zivile Anzug Pate gestanden, sondern die Pracht der männlichen Uniform, ein Überhang im bürgerlichen Zeitalter aus vorrevolutionären Zeiten. Das Chanel-Kostüm, so bequem elegant es ist und so viel Bewegungsfreiheit es gibt, strotzt mit seinen goldenen Knopfdoppelreihen, seinen aufgesetzten Taschen, seinen Ziernähten und Paspeln, seinen Goldkettchen und schließlich der umwerfenden Farbenfreude des wunderbaren Bouclés nur so von Uniformzitaten, die durch den an militärische Kopfbedeckungen erinnernden Pillbox-Hut abgerundet werden. Mit dieser Aneignung des Prunkes der schmückenden, goldglänzenden, herrlich bunten Armeeuniformen schmilzt es den Körper sicher nicht in ein Kollektiv ein.

Als ein weiterer Meilenstein gilt das Kleine Schwarze, das sich ebenfalls der Übertragung eines Prinzips der Herren- in die Damenmode verdanken soll. Im Kleinen Schwarzen wird wie im Anzug das Gesicht betont. Nicht das Kleid lenkt die Aufmerksamkeit auf sich, sondern die Person. Schließlich möchte frau, wie Mademoiselle meinte, nicht für ihr schönes Kleid, sondern ihr gutes Aussehen komplimentiert werden. Insofern wäre hier die Scheinlosigkeit des Kleides erreicht, von der Vischer spricht. Hervortun will sich die Dame wie schon die blasierten Herren Ende des 19. Jahrhunderts nicht durch ihr Kleid, das in sich selbst tatsächlich wie der männliche Anzug gar nichts sagt, sondern durch ihre Persönlichkeit.

Aber: Das Kleine Schwarze lässt den Körper nicht wie der Anzug in den Hintergrund treten. Anders als der Anzug schafft es eine messerscharfe, körpernahe Silhouette, die durch jede Bewegung noch betont wird. Überträgt Chanel tatsächlich das Prinzip des modernen Anzugs? Nein, denn der Anzug rückt den Körper gerade nicht in den Fokus. Genau den aber unterstreicht das Kleine Schwarze: einen beweglichen, schlanken Körper.

Tatsächlich wird die Allure des männlich-aristokratischen Körpers auf den weiblichen Körper übertragen. Während der Mann seine spezifische Geschlechtlichkeit mit der Moderne im Menschlichen aufheben kann und muss, um Zivilist zu werden, heißt Frausein in der Mode der Moderne, einen durch männliche Eigenschaften befähigten Körper in Kleidern, die in den Hintergrund treten, zu inszenieren. Einen »natürlichen« Körper, der sich nicht schamhaft verbirgt oder einfach lockend zur Schau stellt, sondern seine Fähigkeiten inszeniert. Damit ist das letzte Relikt der Damenmode geschleift: Die Scham wird zurückgelassen zugunsten einer fortschreitenden Entblößung, einer immer weiteren Erotisierung. Den Unterschied zwischen dem bloß natürlich Nackten und dem gemachten Nackten hört man im Englischen: *Nude* ist eine besonders raffinierte Form des Angezogenseins.

Die Neutralisierung des Körpers, das Verschleifen der körpergebundenen Silhouette, sein Aufgehen im uniformen Kollektiv – eben die entscheidenden Merkmale des modernen Anzugs – hat Chanel also nicht gerade in die Damenmode übertragen. Frauen fügen sich durch das Kleine Schwarze gerade nicht in Reih und Glied ein, sondern scherenschnittartig wird die Silhouette betont. Selbst wenn frau auf die Kleider, die sie trägt, scheinbar keinen Gedanken verschwendet, muss diese Lässigkeit auffallen. Auch ein Understatement will unterstrichen sein. Spätestens heute besorgt dies das unübersehbare Logo des Hauses, aber bereits damals war das Chanel-Kostüm zu einem erkennbaren Markenzeichen geworden. Übertragen wird de facto die männlich-aristokratische Allure in die Damenmode, genauso wie sie in der Herrenmode mit dem Beginn der demokratischen

Republiken der gegen diese Verkollektivierung protestierende Dandy an den Tag legt.

Frauen stellen nunmehr einen schönen, schnellen, bewaffneten Körper zur Schau: Frau als Dandy als Aristokrat. Die Frauen werden in der Mode also gerade nicht wie die bürgerlichen Männer Menschen. Sie legen das Stigma der nur der weiblichen Mode zugeordneten Schamhaftigkeit ab; sie verschleiern und verhüllen sich nicht mehr. Gezeigt wird in engen Hosen und immer kürzer werdenden Röcken vor allen Dingen, was Frauen immer verhüllten: Beine und Po. Tatsächlich emanzipieren sich die Frauen also in diesem Crossdressing nicht zu genderneutralen grauen Menschen, sondern zu phallischer Zurschaustellung eines herrlichen Körpers. Und das tun sie nicht durch ein Zurücklassen der Mode, sondern durch und dank der Mode.

Gegen die teleologische Geschichte einer Befreiung von der Mode, eines Hinter-sich-Lassens des Stigmas der Weiblichkeit zugunsten des unmarkierten Männlich/Menschlichen möchte ich die These des Crossdressings unterstreichen. Crossdressing ist das Gegenteil von Unisex oder Genderneutralität. Wenn sich Frauen wie Männer anziehen, ziehen sich dann beide gleich an? Oder ist es etwas anderes, ob ein Mann oder eine Frau eine Hose, einen Businessanzug trägt?

Ein sagenhaft erfolgreiches, sofort ausverkauftes Tribut an diese Geschichte der weiblichen, rebellischen Befreiung von aller Schamhaftigkeit zur völligen Beinfreiheit war der Microminiskirt von Miu Miu (2022), der die hypererotischen Minis der 68er aufrief. Es war, als hätten alle nur auf eine Neuinszenierung, auf eine Überbietung dieser historisch radikalen Geste gewartet: Von *Vogue* bis *Vanity Fair* tauchte er auf allen Covern auf, getragen von Frauen zwischen 18 und 60. Nachdem wir jahrelang durch wallende Gewänder, durch Stoff in Hülle und Fülle in Midi und Maxi die Beine wieder bedeckt hatten, nach dem Schwarz von #metoo, wo selbst Hollywood Trauer trug und sich verhüllte und Chanel keusche Mode im Klosterkreuzgang zeigte, hatte der Mini ein triumphales Comeback. Und nicht nur in Größe 34 – siehe Paloma Elsesser für *i-D*.

Es war natürlich nicht der Micro-Mini, sondern die darin lesbare Geste eines sich selbst von aller Scham und allen Anständigkeitsregeln des *Comme-il-faut* rebellisch befreienden Schulmädchens. Mit der Schere rückte es den Schuluniformvorschriften, die genau berechnen, wie hoch übers Knie der Rock gehen darf, und festlegen, dass Bauch AUF KEINEN FALL entblößt werden darf, entschieden zu Leibe. Miu Miu brachte einen von einem *College girl* mit rutschenden Strümpfen und den klassischen Collegeschuhen offensichtlich eigenhändig und nicht sehr professionell abgeschnittenen Faltenrock auf den Laufsteg. Er bedeckte knapp das Geschlecht; das Futter lugte hervor. Der frisch abgeschnittene, noch ausgefranste Rock, eigentlich eine Po-Manschette, kam in männlich konnotierten Stoffen: Khaki, einem klassischen Armeestoff, und in grauem Flanell, einem traditionellen Anzugstoff. Geziert wurde er von einem martialischen Gürtel. Das Bondgirl Ursula Andress in *007 jagt Dr. No*, das zur Sicherheit noch einen Hirschfänger an einem ebenso martialischen Gürtel über dem Bikini trug, lässt grüßen. Der graue Oversize-Pullover, der vom Vater oder Bruder hätte sein können, und das darunter hervorlugende Hemd (dito) waren so kurz abgeschnitten und legten den Bauch so frei, dass man die Unterseite des BHs sah. Der Micro-Mini ist klassisches Crossdressing, das gleich zwei männliche Merkmale waffentragender Männer zitiert, um Weiblichkeit von aller Schamhaftigkeit zu befreien. Mehr als zu viel von dem wurde gezeigt, das, BITTE!, den Regeln der Schulunifomierung zufolge zu bedecken ist. Nicht ohne Selbstironie wird diese rebellische Geste hier aufgerufen, denn ungekonnt hastig war ja doch offensichtlich ein bisschen viel abgeschnitten worden. Auch die Allure der sportlichen oder waffentragenden Männer wurde mit übernommen: Die Mannequins zeigten einen durch Fitness gestählten Körper, trainiert wie der aristokratische männliche Körper vor der Revolution.

## *Paradox, höchst paradox*

Das offensichtlichste Paradox einer emanzipatorischen Befreiungserzählung in der Mode der Moderne liegt darin, dass die scheinbar pragmatische »Befreiung« einer bisher unerreichten Erotisierung des weiblichen und nur des weiblichen Körpers diente. Diese Geschichte einer Emanzipation von einschnürender, aber auch schamhaft verführerischer Weiblichkeit übersieht, dass die Übernahme der Männer- in die Frauenmode, also des angeblich funktionalen Anzugs, weit davon entfernt, genderneutral zu sein, de facto

Miu Miu, Kollektion Frühling Sommer 2022

Paloma Elsesser im Minirock aus der Miu Miu Kollektion Frühling Sommer 2022, Cover i-D, Photo: Sam Rock

Sexiness beförderte. Das gilt erst recht für die Übertragung der aristokratischen vorrevolutionären Männerkleidung in die Frauenmode.

Diese Übertragung von Männer- in Frauenkleidung gilt mit Saint Laurents Smoking für Frauen in den 70er Jahren als abgeschlossen. Auch hier eher eine *Garçonne*, die die Anzüge von Slimane für Dior wieder zitieren sollten: Aus einer Frau als Junge wird ein Junge als Frau als Junge. Als Beispiel nicht für Genderneutralität, sondern für die Steigerung des Sexappeals durch Crossdressing mag die Crêpe-de-Chine-Bluse unter dem Smoking von Saint Laurent genügen, die den Busen durchschimmern lässt. Fast möchte ich vermuten, dass der Smoking en biais geschnitten ist – eine von Madeleine Vionnet zur Vollkommenheit gebrachte Technik, die den Stoff so schmeichelnd fallen lässt, dass sich der Körper darin wunderbar abzeichnet. Völlig undenkbar für einen klassischen Herrensmoking.

Die Entwicklung der Mode in der Moderne kann nicht als einfache Fortschrittsgeschichte des Unisex erzählt werden, in der die Geschlechter endlich gleich werden. Sie entpuppt sich als eine durch und durch paradoxe, widersprüchliche Angelegenheit. In ihr ist etwas von dem Tabubruch, ja von der Monstrosität, die Mode ihren widernatürlichen Reiz verleiht. Die These des Unisex verdankt ihren Appeal der Unschärfe. Der Wunsch ist hier Vater des Gedankens. Dieser Wunsch zielt auf die Gleichheit der Geschlechter durch ein Auflösen der geschlechtlichen Differenz: Es macht keinen Unterschied, ob man Mann oder Frau ist, alles Menschen. Neutraler Humanismus. Alle ziehen sich gleich an, haben die gleichen Rechte und Freiheiten.

Selbst dem oberflächlichsten Beobachter muss ins Auge springen, dass der vielbeschworene Unisex nur von der Männer- zur Frauenmode geht. Offensichtlich eine Einbahnstraße. Bis heute kann sie abends *seinen* Schlafanzug und morgens *sein* Hemd und *seinen* Pullover anziehen; er würde hingegen in *ihrem* Seidenhemd für die Nacht, *ihren* UGGs, *ihrem* viel zu engen T-Shirt in ein anderes Register Richtung Drag queen fallen.

Entgegen allen Selbstentwürfen in Richtung Moderne ist die weibliche Mode dem Unisex nicht geradlinig gefolgt, sondern hat das bloß listig vorgegeben. Augenscheinliche Augenwischerei. De facto hat sie in dieser Übersetzung den Geschlechtsunterschied gerade nicht aufgehoben, sondern durch Übertragung der erotischen männlichen Zone in die weibliche Garderobe profiliert. Denn Hosen, immer kürzer werdende Röcke und schließlich die Leggings, in denen die neuen Beine der Frauen die alten Beine der Männer zitieren, zeigten zum ersten Mal, was die aristokratische Herrenmode verführerisch zur Schau stellte, die Damenmode bis dahin aber streng verbarg: Beine. Der Minirock zeigt sie bis zum Schritt und in den Hosen zeichnen sich Schenkel und Po ab. Erst durch die Übertragung der vormodernen männlichen Attitude, dem offensiven Zurschaustellen, wird die Frauenmode sexy; aber sie macht die Frau nicht zum Sexobjekt, sondern zum Subjekt dieser phallischen Inszenierung. Die Unisexmode ist so alles andere als Unisex. Sie unterstreicht im Gegenteil gerade das, was die Geschlechter in der Moderne trennt: Denn während die Männer im bürgerlichen Zeitalter ihren Körper nicht mehr erotisch zur Schau stellen, definiert sich die weibliche und zwar ausschließlich die weibliche Rolle darüber, dass sie eben dies tut: Unmarkierte Sexualität (männlich) steht gegen markierte Sexualität (weiblich). Der vermeintliche Unisex verschärft also den für die Mode der Moderne konstitutiven Gegensatz weiblich/männlich. Anders gesagt, führt der Unisex von den Zehenspitzen bis zu den offen getragenen Haarlocken, von Kopf bis Fuß zu einer Erotisierung des weiblichen Körpers.

Selbst wenn auf Hypererotisierung verzichtet wird, stellt die Anpassung an das Männliche offensiv den Verzicht auf jede Ostentation ganz unübersehbar in den Vordergrund. So bleibt die weibliche Mode auch im Übernehmen der männlichen Mode der Moderne das, was eben diese Mode hinter sich ließ: ostentativ. Die Form ordnet sich der Funktion nicht unter; sie schiebt sich um ihrer selbst willen in den Vordergrund. Weibliche Mode stellt immer zur Schau und das vielleicht gerade dann am effektivsten, wenn sie ostentativ darauf zu verzichten scheint.

### *Unbeschreiblich weiblich: Frau als Dandy, Frau als Transvestit*

Frauen werden cool und sexy, indem sie sich die männliche vorrevolutionäre Allure, das Herzeigen eines schönen, weil fähigen Körpers, aneignen. Das Crossdressing führt so nicht zu einer Genderneutralität, sondern treibt die Geschlechterdifferenz heraus. Mode bringt im weiblichen Crossdressing das Verhältnis der Geschlechter, der Klassen und der Ethnien anders ins Spiel. Überspitzt kann man sagen, dass die weibliche Mode zwischen Dandy und Transvestit schwankt. In beidem geht es um einen Überschuss, den die Männerkleidung wie der Teufel das Weihwasser meiden muss, um nicht in den Geruch des Weibischen zu kommen. Allen Wert der Welt legen sowohl der Dandy als auch der Transvestit auf ihre Kleider, auf die der richtige Mann keinen Gedanken verschwenden soll. Beide zeichnet die verruchte Aneignung des männlichen vormodernen Zeigens. Und die zeichnet auch die Neue Frau: Unwiderstehlich wird Emma Bovary erst, als sie in einem den Körper eng fassenden, »Amazone« genannten Reitkleid wie ein Mann hoch zu Pferde erscheint. Unbeschreiblich weiblich ist Marlene Dietrich rauchend in makellos geschneiderten Hosenanzügen. Genauso unbeschreiblich weiblich sind die als Transvestiten verkleideten Frauen in den üppig-verschwenderischen Rauschröcken und der Wespentaille von Dior. Frauen in Tuntenphantasien, schimpfte Chanel über Diors *New Look*. Die unwiderstehliche Faszination der Mode verdankt sich dem Durchbrechen, nicht dem Auflösen der Gender-Normen.

### *Drittes Geschlecht?*

Die Übertragung der Männer- in Frauenkleider hebt die Geschlechterdifferenz nicht in »Geschlechtslosigkeit«, in Genderneutralität, in einem neuen »dritten Geschlecht« auf. Ganz im Gegenteil ergibt sich die schlagende Erotik dieser Figuren daraus, dass in ihnen Gendernormen zitiert werden, Männliches und Weibliches aufeinanderprallen. Eine Potenzierung von Erotik wird durch das Sprengen konventioneller Gendervorstellungen bewirkt. Nichts könnte das Theorem der »geschlechtslosen Mode«, in der wir alle zu Menschen würden, sinnfälliger widerlegen, als das, was das Transgender-Model Andreja Pejić meinte: Sie sei nämlich als Frau »eher sinnlich und sexy, und als Mann eher – schlicht«. Schöner hätte man den Unterschied zwischen Mann und Frau, den die Mode macht, nicht auf den Punkt bringen können.

Dabei geht es nicht um die Repräsentation eines »tatsächlichen«, »natürlichen« Geschlechts, sondern um ein *doing gender*, an dem nicht viel Natürliches ist. Nicht Geschlechterindifferenz, sondern eine erotische Steigerung durch dissonantes Gegeneinanderführen von Genderstereotypen wird angestrebt. So kommt es zu einer Verschiebung und Verrückung der Genderstereotype. Die Mode überrascht, weil sie unseren festgefahrenen Erwartungshorizont dessen, was männlich oder weiblich ist, durchkreuzt. Das macht ihre ästhetische Kraft und ihren Witz aus.

## *Geistesmensch oder phallische Ostentation?*

Die These von der Übertragung der Männer- in die Frauenmode, als deren Ergebnis das Subjektwerden der Frau gepriesen wird, möchte ich deshalb umformulieren. Die Anleihen bei den Männern zeichnen sich durchgehend durch das aus, was der moderne, republikanisch geprägte Bürger als »Geistesmensch« sublimieren musste: Sie sind ausnahmslos phallisch konnotiert. Das heißt selbstverständlich nicht, dass sie konkret auf das männliche Geschlecht verweisen. Vielmehr übernehmen sie aus der Männermode, was vor der Revolution in der Frauenmode verpönt war: das ganz schamlose Zeigen nämlich, die Ostentation. Besonders die Mode der körperlich aggressiven Männer, der Soldaten, der Jäger etc., war spektakulärer als die Frauenmode. Sie zeigte und schmückte die vor Kraft strotzenden Körperteile, die im Kampf nützlich waren. Extravagante Kleidung, die ins Auge sticht, war ein Zeichen von Macht und Privileg. Es ging darum, im wahrsten Sinne des Wortes zu imponieren. Die weibliche Kleidung war dagegen von der Logik des Geheimnisses geprägt: verhüllen und verschleiern, nicht zeigen, sondern erahnen lassen. Im Gegensatz zur Männermode, die bis zur Revolution zeigt, dass sie zeigt, musste die Frauenmode diese Zeigen paradox verhüllen. Schamhaftigkeit war das Prinzip der weiblichen Mode.

## *Einbahnstraße verkehrt*

Im Moment passiert in der »Männermode« mehr als in der »Frauenmode«. Die Einbahnstraße läuft in die Gegenrichtung: Übersetzt wird das Weibliche (Dandyeske, Transvestitische) ins Männliche. Dem Männlichen wird das Weibliche eingetragen. Das sorgt auch jetzt nicht für Genderneutralität, sondern eben mit maximalem Sex appeal im Kreuz-und-quer, in Transvestismus und Travestie, für die Erschütterung der unmarkierten Männlichkeit des Mainstreams.

Anthony Vaccarello für Saint-Laurent stellt es mit der Herren-Sommerkollektion 2022 vor Augen: ein Blick in die Zukunft, der aus der Vergangenheit schöpft. Ephebische Jünglinge – Spielbein, Standbein – neben weiblichen nackten Statuen. Beide zeigen schöne Beine und viel Haut. Recycelt hat Vaccarello nicht nur den berühmten Damen-Smoking von Yves Saint Laurent, der das Männliche ins Weibliche übersetzte, sondern auch Spitzenblusen aus seinen Damenkollektionen der letzten Jahre. Mann als Frau als Mann als Frau in spektakulären Umbesetzungen. Die Mode kann aus ihrem jahrhundertealten Kreuz-und-quer, ihrem Queering, für die Zukunft schöpfen – mit dem gewissen Etwas.

Und die Herrenmode nach dem Anzug? Zum einen ist der klassische Herrenanzug nicht mehr die Norm. Die technischen, die intellektuellen, die kreativen Eliten erscheinen nicht mehr im Anzug. Er ist damit nicht mehr allgemeines bürgerliches Kleidungsstück, von der proletarischen Arbeitskleidung abgesetzt. Vielmehr ist er zur Klassenuniform, nämlich zum Kleid von Macht und Geld geworden: Businessmen, Banker, Politiker, hohe Verwaltungsbeamte tragen Anzug. Kurz, Anzug zu tragen ist heute nicht mehr, was es einmal war, unmarkiert.

Unmarkierte Kleidung wäre heute vielleicht am ehesten Athleisurewear als letzte Form der Streetwear und des Norm Core. Aber die verdeckt den Körper nicht mehr uniformierend. Der Körper ist auch für Männer zurückgekommen, ständig machen alle Fitness und tun auch im Büro so, als würden sie für einen Triathlon trainieren. Der moderne Männerkörper, der Managerkörper ist durchtrainiert und zeigt das.

Diese Linie der Kleidung setzt einen Sprechakt des Anzugs, den dieser nicht mehr leisten kann, effektiv fort. Kleidung ist rein funktional, man zieht an, worin man sich optimal bewegen kann, um seinen Körper zu formen. Das, was am bequemsten ist: Kleider, die man nicht fühlt und am besten übersieht. Nicht auf ihre Schönheit, wohl auf ihre Funktionalität – berechtigt natürlich! – Gedanken verschwendet.

Gleichzeitig ist die Mode dem Prinzip des Anzugs, dem ikonischen Kleidungsstück der bürgerlichen Demokratien und seiner männlichen Menschen, in den letzten Jahrzehnten massiv zu Leibe gerückt. Wurden bisher männliche Prinzipien in die weibliche Mode übertragen, so werden jetzt Prinzipien weiblicher Mode in die männliche übertragen.

Die Herrenschneider rücken den Körper, abstrahiert zur Arabeske, ins Licht. Indem sie den Körper betonen, greifen sie auf ein weibliches oder vorbürgerlich-aristokratisches Prinzip zurück. Pierre Cardin mit seinen enganliegenden Bleistiftanzügen war Vorreiter. Das unkonstruierte Jackett von Armani, gerne auch aus irgendeinem Missverständnis heraus das dekonstruierte Jackett genannt, war ein wichtiger Schritt in dieser Entwicklung. Ein Meilenstein auch die ganz schmal geschnittenen Anzüge von Mugler, die fast wie Ballettkleidung wirkten. Boss' kleine schwarze Anzüge gehen in dieselbe Richtung. Tom Fords Anzüge saßen wie angegossen. Die schmale Linie von Helmut Lang und später von Raf Simons für Jil Sander ist die Vollendung dieses Stilprinzips. Als androgyn werden diese Anzüge oft bezeichnet, als Mode für knabenhafte Männer. Sie zeigen einen Jüngling, noch nicht zum Mann gereift. Er hat etwas Jungfräuliches, ohne unschuldig zu sein. Das Pendant zu diesem neuen Mann war vielleicht die Lesbierin des 19. Jahrhunderts. Der extremen Schlankheit des Körpers bleibt etwas Asketisches. Eben diese extreme Schlankheit treibt der neue Anzug hervor; ein gestandenes Mannsbild passt da sicher nicht rein. Diese Form der raffinierten Silhouettierung, die scherenschnittartig die Biegsamkeit des Körpers, seine auf Linie gebrachte Körperlichkeit betont, übersteigt das Funktionale. Hier geht es nicht um Funktion, sondern um Ästhetik, die die Funktion nur noch als Zitat mitführt. Diese Anzüge lassen den ganzen Körper in der Abstraktion zum Ornament werden. Insofern ist hier ein, ja, vielleicht *das* Moment der weiblichen Mode par excellence, die Ästhetisierung des Körpers nämlich und sein Hervorheben durch die Kleidung, in die Männermode gewandert.

Ahnen dieser Anzüge sind die Mods, eine englische Jugendkultur der 60er Jahre. Dass alles Neue, wirklich Revolutionierende aus dem klassischen Land der Dandys kommt, kann nicht verwundern. Das Interessante an den Mods war, dass hier Männer nicht das Prinzip des Understatements verfolgten, sondern sich herausputzten: *They did not dress down, they dressed up.* Und auch das verband sie mit den Dandys, die als Snobs, als nicht adelige Männer, ihrem Körper so viel ostentative Aufmerksamkeit widmeten, wie das nur dem Adel und nach der Revolution den Frauen vergönnt war. Als Arbeiterkinder oder aus dem Kleinbürgertum stammend, als Söhne der *lower* oder *lower middle class*, zogen die Mods in einer Art Klassentravestie die Uniform der Großbourgeoisie, des Geldadels an: tadellos sitzende, maßgeschneiderte Anzüge. Sie warfen sich groß in Schale. Damit travestierten sie die Funktion des ikonischen männlichen Kleidungsstücks der Moderne. *Think David Bowie.*

Was passierte mit dem Anzug in dieser Klassentravestie? Blieb er einfach der Anzug? Alle Modekritikerinnen heben bereits in den 90er Jahren dasselbe hervor: eine im wahrsten Sinne des Wortes unpassende Körperlichkeit. Hören wir für einen Moment Ingrid Loschek über Tom Ford, der als Herrenschneider angefangen hatte: »Hosen aus Stretchsatin, die drei Nummern zu klein wirkten.« Und der klassische Topos wird angeführt, der das Geheimnis weiblicher Mode, wenn nicht das Geheimnis des weiblichen Geschlechtes im Ganzen ausmacht: »Die Unverfrorenheit des Nichts.« Solche Schnitte waren natürlich in dem üblichen Material – Tweed, Wolle, Cord, Leinen – nicht mehr zu machen und setzten auf neue, synthetische Stretchmischungen.

## *Der männliche Körper – arabesk ornamentiert*

Tatsächlich wurde der männliche Körper in seiner strikten Reduktion auf die Linie zum Ornament. Und so war es ironischerweise Helmut Lang, der ja gerne immer wieder zur Unterstreichung seines Minimalismus auf Adolf Loos verwies, der den ornamentalen Charakter notdürftig hinter einer vorgegebenen Funktion versteckte: eine Arabeske, abstrakte Bewegung im Raum.

Damit ist die Männermode de facto dem Prinzip der Frauenmode, dem Prinzip des Ornamentalen nämlich, das allerdings minimalistisch abstrakt auf die Linie reduziert wird, gefolgt. Und erst, als das passiert war, konnte die Frauenmode eben diesen neuen Männeranzug wie das Kleine Schwarze tragen. So verstanden, liegt minimalistischer Unisex, jetzt allerdings wirklich sexy, weil nämlich auf einer Übertragung eines weiblichen Prinzips in die Herrenmode beruhend, im Trend. Ostentativ durfte der Körper für beide Geschlechter nur um den Preis seiner Reduktion auf eine schmieg- und biegsame Linie in den Vordergrund gerückt werden. Seine Funktionalität war dabei nur noch Deckmantel für die Arabeske der Moderne.

## *Comme des filles*

Werfen wir einen Blick auf die letzten Kollektionen (2020–22). Die Übertragung des weiblichen Prinzips – markierte Sexualität – triumphiert überall. Was bei Helmut Lang und Tom Ford Latenz des Ornamentalen in der arabesken Linie des Körpers war, kommt bei Jacquemus an die Oberfläche: Wie Mädchen werden die Jungs durch bunte Blumendrucke in Farben funkelnd wie Edelsteine geziert und zeigen nackte Beine und Bauch. Die durch ihre Winzigkeit jeder Funktionalität enthobenen Taschen – absoluter Verkaufsschlager – werden gerne crossbody getragen und ornamentieren den Körper zusätzlich.

Fast alle »weiblichen« Kleidungsstücke und alle »weiblichen« Techniken der Produktion eines reizenden Körpers werden gerade in die Herrenmode übertragen: Gewänder, Kleider, Röcke, Nagellack, Schminke, Corsagen, Farbenprunk, Glitter, Rüschen, das Spiel von Haut und durchsichtigen Stoffen, Seide und glänzende Satins, Spitzen, große Blumen, Schleifen, Handtaschen, Höhepunkte der Domina-Mode wie schenkelhohe, hautenge Lackstiefel. Auch die erotischen Gesten wie das Gleiten des Stoffes von der nackten Schulter werden übertragen. Kurz, nicht die Damenmode ist endlich männlich-nüchtern reformiert, sondern die Prinzipien der weiblichen Mode haben gesiegt. »samt und seide, blumen und bänder, federn und farben« sind nicht, wie Adolf Loos hoffte, »verschwunden«, sondern allüberall. Zur Modedämmerung, die Nietzsche sehnlichst erwartete, ist es nicht gekommen; wir stehen am Morgen eines Modeaufgangs.

Alessandro Michele zeigt für Gucci (Pre-Fall 2022) plastisch applizierte Muster, schimmernde Seide, Schleifen, androgyne Blumenkinder, langhaarig, ornamental, floral. Dieses Zurückgehen auf ein in seinen sekundären Geschlechtsmerkmalen nicht ganz entwickeltes, etwa bartloses Wesen – heute sagen wir dazu sachlich pubertär, überhaupt sind wir in all diesen Fragen seltsam prosaisch geworden – trägt ein paradiesisches Versprechen: Im Paradies gab es weder Sexualität noch Tod. Nackt schämten sich die Menschen nicht. Kleider sind deshalb auch mit dem Begreifen der Nacktheit, mit der binären Geschlechtsidentität behaftet. Die Engel sind nicht in die Kategorien weiblich/männlich geteilt. Auch die paradiesischen Menschen sind sich dessen angeblich nicht bewusst. Geschlechtsidentität ist deshalb auch der Fall in die Erbsünde; Gucci führt uns in die Unschuld des Paradieses vor der festgeschriebenen Geschlechtsidentität zurück.

Auch die Frühlingskollektionen von Lanvin und Balenciaga kommen im Zeichen des Crossdressings; Weibliches wird in Männliches übersetzt. Balenciaga vermischt skulpturale, üppig-aristokratisch raumgreifende Weiblichkeit und jungenhaften Charme; ein höfisches, hauteng glänzendes Tanzbein kommt unter einem Oversize-Jackett im Stil des Power-Suit à la 80er hervor. Der Torso, nach dem Vorbild antiker Statuen und römischer Soldatenrüstungen gestählt, wird verführerisch von schwarzem Gazestoff diaphan umhüllt. Bestimmt wird die Kollektion von der Logik des Fetisch, die den Geschlechtsunterschied männlich/weiblich, kastriert/nicht kastriert im Dunkeln oder besser im unentscheidbaren, verführerischen Oszillieren lässt. Die Braut, traditionell das letzte Kleid der Modeshow, ist zum festgeschriebenen Genderstereotyp des Weiblichen schlechthin geworden. An ihre Stelle tritt eine Figur mit verhülltem Gesicht; die Markierung geschlechtlicher Identität wird in der Schwebe gehalten, eigentümlich keuscher fast als die Braut.

## *Trans*

Die Seeleute und Fischerinnen aus John Gallianos co-ed Ready-to-wear-Kollektion für *Martin Margiela* scheinen aus einem flämischen Gemälde des 17. Jahrhunderts an den Canal Saint-Martin gesprungen zu sein. Alle Prinzipien der weiblichen Mode finden wir hier auf die Mode für alle übertragen: anachronistisch, künstlich, erotisch-sinnlich

John Galliano for *Margiela* Kollektion
Frühling 2022 ready to wear

aufgeladene Kleider, die sich nicht durchstreichen, um Charakter und Individuum in den Fokus zu rücken, sondern als Kleider ins Auge fallen. Das Schneiderhandwerk, das Textilhandwerk und das Handarbeiten wie das Stricken werden in ihrem glorreichen Können gezeigt. Mit den 20er Jahren unseres Jahrhunderts ist es, anders als von den Aposteln einer funktionalen Moderne erhofft und vorausgesagt, keinesfalls zu einer Modedämmerung gekommen. Es triumphiert, was vernünftiger, geschlechtlich nicht markierter, schnörkellos funktionaler, ungeschmückter, a-modischer Männlichkeit hätte weichen sollen: das Anachronistische, Scheinhafte, Künstlich-Kunstvolle der weiblichen Mode, die nicht nur die Persönlichkeit, sondern sich selbst zeigt. Gesiegt hat die unbändige Lust am Kleid, die Lust am Ver-kleiden. Als »Neoalchemie«, als »sinnlich, erotisch und geheimnisvoll« hat die englische *Vogue* diese Kollektion beschrieben. Abgesehen davon, dass sie einfach exquisit ist – allein schon die Beschreibungen der Kleider: »*Celadon Silk Faille*« – und die unglaubliche Schneiderkunst Gallianos zeigt, ist sie eine Hommage an das handwerkliche Savoir-faire der Seevölker. Sie transportiert Legenden von sagenhaften Inseln wie Fair Island, Guernsey und ihre Stricktraditionen geradewegs in die Popmoderne mit Bunny-Pullovern: *tongue in cheek* sind die Häschen hier boys.

Sie erzählen die Geschichte und Legenden der europäischen Handarbeit und der Textilkunst neu. Die Fair-Isle-Pullover, die hierzulande auch Shetland-Pullover heißen, zeichnen sich durch die Farbigkeit ihrer Strickmuster aus. Der Legende nach brachte die Armadabesatzung, die an der felsigen Küste aufgelaufen war, den Inselbewohnern zum Dank für ihre Rettung diese farbigen Muster bei. Von Mann zu Frau, von Spaniern zu Schotten: übertragen, übersetzt, trans. Auch der Guernsey-Pullover wurde in verschiedenen

Strickmustern von Generation zu Generation vererbt, um schließlich Einzug in die Royal Navy zu halten. Gestrickt wurde er ursprünglich von den französischsprachigen, normannischen Frauen auf Guernsey: trans. Normannisch zu englisch.

Aus Funktionskleidern, den Fischerstiefeln, werden supersexy Hochschenkelstiefel, äquivalent zum Straps, die die erotische Zone zwischen Strumpf und Korsett hervorheben. Das Niedrige – Geschirrtücher, flandrischer Flachs – wird sublim schön. Zu Pfadfinderbandanas geschlungen, schmücken die Tücher Jacken: *inverted snobbery*, meinte Galliano. Die Fischermäntel sind surreal mit Fliegenködern besetzt. Die »utopische Generation« geht nicht mehr ganz männlich-heroisch Lachse fischen, sondern fischt mit magnetischen Angeln den Metallmüll aus dem Canal Saint-Martin. Alles im Fluss. Reizender als in John Galliano für *Margiela* könnte frau/man in den hochtaillierten Dutch-Boy-Pants der Hochseefischer, die schon Chanel am Strand von Biarritz zeigte, kaum aussehen. Kunstvoll wird alles Seemannsgarn, in das schon immer erotische Phantasien verwoben waren, neu gesponnen.

## *Wider das Identitäre*

»Nur oberflächliche Menschen urteilen nicht nach Äußerlichkeiten. Das wahre Geheimnis der Welt liegt im Sichtbaren, nicht im Unsichtbaren«, sagt Oscar Wildes Lord Henry im *Dorian Gray*. Wenn wir uns anziehen, zersetzen wir äußerlich den falschen Bezug von Gender auf Sex. Die Konventionen, die das angeblich Natürlichste der Welt – »weiblich« und »männlich« – regieren, werden durch Verschiebungen und Ver-rückungen, durch Übertreibungen und Überzeichnungen sichtbar und damit veränderbar. Mit Identität und Individualität hat Mode deshalb wenig am Hut.

Unser textiles Tun und Lassen hat ein kritisches Moment: Was darin als Fiktion aufscheint, ist der Trug der »Eigentlichkeit«. Eigentlichkeit wird mit der Moderne allein dem männlichen Geschlecht zugesprochen. Das männlich/menschlich Eigentliche, das englische und französische *»proper«*, *»straight«*, *»propre«*, wird durch die Mode als Fiktion aufgedeckt. Es wird seines Gemachtseins überführt. Bevor es irgendeine authentische Identität gibt, gibt es Beziehungen, Differenzen. Diese, das zeigt die Mode, konstituieren erst so etwas wie Eigentlichkeit. Das macht viele Leute extrem nervös; es wird aggressiv abgewehrt und führt zu allen möglichen Phobien.

Die Mode hat vor allen Dingen etwas Lustvolles. Elegant, geistvoll, ironisch sprengt sie jedes drückende Genderkorsett. Eine nichtbinäre Gender Fluidity wird nicht etwa als Ausdruck eines kaum weniger bedrückenden Identischen erreicht, sondern sie wird durch ein dissonantes Gegeneinanderführen der Konventionen, die uns als weiblich und männlich regieren, geleistet. Travestie und Transvestie zersetzen männliche Eigentlichkeit im Zeichen des weiblich-kunstvoll Künstlichen. So reißt uns die Kunst der Mode, unwiderstehlich, immer wieder hin.

*Carcente, Ferragosto 2022*

# Dank

Danken möchte ich Astrid Kury und Thomas Macho, die das Projekt langmütig unterstützt, Jessica Beer, die es entschieden vorwärtsgetrieben hat, Moritz Vinken, Gregor Specht und Anselm Haverkamp, die aufmerksam und geduldig alles Wirrwarr aussortiert haben.

*Barbara Vinken*

# Bildnachweis

S. 19: Trolley Books, London 2009
S. 25: *Vanity Fair*, Photo Annie Leibovitz, 2015
S. 45: Photo Willy Maywald 1947
S. 46: Guy Marineau/Condé Nast/Shutterstock, 1995
S. 73: Miu Miu, 2022
S. 74: Cover i-D 2022, Photo: Sam Rock
S. 87: Maison Margiela, 2022

# Bibliographie


Simone de Beauvoir, *L'autre sexe* (1949); dt. *Das andere Geschlecht. Sitte und Sexus der Frau* (1951, 1992).
Silvia Bovenschen (Hg.), *Die Listen der Mode* (1986).
Judith Butler, *Gender Trouble* (1990); dt. *Das Unbehagen der Geschlechter* (1991).
John Carl Flügel, The Psychology of Clothes (1930); dt. *Die Psychologie der Kleidung* (1930).
Mikita Franko, *Die Lüge* (2022).
Edmond Goblot, *La barrière et le niveau* (1925); dt. *Klasse und Differenz* (1994).
Anne Hollander, *Sex & suits* (1994); dt. *Eros und Anzug* (1995).
Camille Laurens, *Fille* (2020).
Adolf Loos, »Damenmode«, *Ins Leere gesprochen* (1898).
Edouard Louis, *En finir avec Eddy Bellegueule* (2014).
Alain Mabanckou, *Black Bazaar* (2009).
Thomas Meinecke, *Mode & Verzweiflung* (1998).
Friedrich Nietzsche, *Menschliches, Allzumenschliches* (1878).
Paul B. Preciado, *Testo Junkie* (2013).
Gregor Schuhen, *Erotische Maskeraden: Sexualität und Geschlecht bei Marcel Proust* (2007).
Alice Schwarzer, Chantal Louis (Hg.), *Transsexualität* (2022).
Valerie Steele (Hg.), *Women of Fashion* (1991).
Barbara Vinken, *Mode nach der Mode* (1994).
Barbara Vinken (Hg.), *Dekonstruktiver Feminismus* (1995).
Barbara Vinken, *Angezogen* (2013).
Barbara Vinken (Hg.), *Blumen der Mode* (2016).
Theodor Friedrich Vischer, *Mode und Zynismus* (1879).

Hartmut Rosa **Unverfügbarkeit** Unruhe bewahren

Unruhe bewahren
Hartmut Rosa
Unverfügbarkeit
136 Seiten, EUR 20,00
ISBN: 978 3 7017 3446 7

*Hartmut Rosa ist ein Meister in der Analyse moderner Entfremdungsdynamiken. Der Jenaer Soziologe bringt kollektive Gefühle und Sehnsüchte so präzise wie eigenwillig auf den Begriff.*
Svenja Flaßpöhler, PHILOSOPHIE MAGAZIN

*Dieses Buch ist unbedingt lesenswert. Es ist gut geschrieben und steckt voller treffender Zeitdiagnosen.*
Günter Kaindlstorfer, DEUTSCHLANDFUNK

*Mit überzeugenden Beispielen belegt Hartmut Rosa in seinem gut lesbaren Essay, dass wir es bei der „Unverfügbarkeit" mit einem zentralen Problem der Moderne zu tun haben. Er macht darüber hinaus deutlich, dass die Lösung des Problems nicht in der permanenten Verfügbarkeit besteht.*
Michael Opitz, DEUTSCHLANDFUNK KULTUR